我愿晚点遇到你,
然后余生都是你

MEETING
YOU

周适鲁 著

文匯出版社

图书在版编目（CIP）数据

我愿晚点遇到你，然后余生都是你/周适鲁著.-- 上海：文汇出版社，2017.11
ISBN 978-7-5496-2333-4

Ⅰ.①我… Ⅱ.①周… Ⅲ.①随笔-作品集-中国-当代 Ⅳ.①I267.1

中国版本图书馆 CIP 数据核字（2017）第 233360 号

我愿晚点遇到你，然后余生都是你

出 版 人／桂国强
作　 者／周适鲁
责任编辑／乐渭琦
封面装帧／姚姚设计工作室

出版发行／文汇出版社
　　　　　上海市威海路755号
　　　　　（邮政编码200041）
经　　销／全国新华书店
印刷装订／三河市京兰印务有限公司
版　　次／2017年11月第1版
印　　次／2017年11月第1次印刷
开　　本／889×1194　1/32
字　　数／184千字
印　　张／9

ISBN 978-7-5496-2333-4
定　价：39.80元

目录 CONTENTS

自　序 001

第一辑　时光流放，笑着说爱过

　　我只想留下来陪你毕业　006

　　在城市中用力活着　014

　　阿头　022

　　我的北京小妞　031

　　漂洋过海过来和你在一起　039

　　我喜欢的女神在直播　050

　　再见，我的爱情　056

　　那是我们回不去的爱情　064

第二辑　你的爱在我千里之外

我爱你的方式，就是离开你　072

我不说，因为我真的好喜欢你　077

我想，不爱你的人就别纠缠了　082

高中生的分手日记　086

走不到一起的爱情，就分开　103

拼尽全力去爱你，最后我还是没能留住你　108

对不起，我比想象中还要喜欢你　114

后来，喜欢的你成了别人的女朋友　118

第三辑　有些爱，过了就不在了

你知道吗，我最后要的幸福是和你结婚　124

失恋以后就会长大了　130

为爱情当英雄的人　136

没关系啊，最好的爱情在路上　143

不是所有的爱情都会陪你一起到老　146

你爱情里的过客不是我　153

我一直单身，从未超越　160

别轻易相信爱情会到永远　166

消失的爱情，你就当我深爱过　172

第四辑　我想说说话，你在吗

漂泊青春　184

别忘了我的梦想　197

我们的青春病　205

高中：那些人那些事　224

我有一个网友　240

我的大学，我只想告诉你　248

一个不爱我的人，忘了就好　253

我知道你喜欢我，但我却等不到你的表白　262

我一切都好，只是会忍不住想念你　268

趁着还年轻，使劲折腾吧　272

自　序

写序之前。

我突然想到我的爱情。一场短暂且刻骨铭心的记忆，最后我们没有走到一起。

爱情的逝去，让我明白，有些爱，一旦离开了，我们就再也回不了头了。

不过都没有关系了，我知道总有一天，那个人会和我遇见。我相信，我愿意晚点儿再遇到你，然后余生都是你。

这是我的第一本书，在这里，感谢一直以来支持我的朋友们，谢谢你们的鼓励和喜欢。

在我完成书稿之后，我的漂泊一直在路上。

突然想到不久我的新书上市，这是我最大的幸福与感激。

一直以来，我在广州这座城市漂泊，努力和时间赛跑，就是为了自己能在城市中用力活着，追求美好的生活。

当你捧起这本书的时候，我希望你可以记得，我们的青春一直都在。

如果你愿意，记得在失意孤独的时候想起我。我在这里，聆听你们的声音。

    2016年，我大学毕业。那段日子，我过得颠沛流离。毕业不到半年，我换了三份工作，当过养生猪肚鸡店服务员、物流临时工、软文编辑，现为待业青年。现在回想起来，我的生活不算苦，它成了我人生一段段经历和说不完的故事。

    在写作的那段时光，我想和你谈谈。

    我认为写作是一个人孤独的修行。

    我知道一个真正的作家永远是只为内心写作的。只有通过内心写作，作品才能达到理想的状态。

    作为一名写作者，写的东西可以被读者关注是一件很幸福的事。它可以更好地激起你的写作欲望，用心写，写下自己好的文章。

    有一段时间，我找不到灵感写作，自己深陷在苦恼与痛苦中，可我还是拼命地绞尽脑汁地构思故事情节。

    当我冷静时，我在想为什么要强迫自己写作，这原本不是我想要的。我写作是为了听从自己的内心，而不是为了写作而写作。

    于是，我经历了一个人漫长的孤独。晚上写篇文章，自己酝酿很久，困了也不想睡，冲杯咖啡提神又继续在写字了。

    但是，我在写作路上是孤独的，但却收获了快乐。我以前写文章没有感受到这样的机遇，我没想到自己的文章可以被其他公众号平台转载，有的已被网络电台录制成有声作品，幸福来得太突然。可我还是冷静下来，没有被眼前的功利诱惑，依旧想安静写作，努力做一个只为内心写作的出色写作者。

写作，对于我而言，就是用文字记录一个需要铭记的时代。我希望这时代永远是和平的。我是孤独的，我愿在孤独写作的路上没有尽头，想奔跑，追求更美好的世界。

写作是一个人孤独的修行，希望每个写作者都在寻梦的路上，永不止步。

这本书，有不一样的爱情、成长和梦想等故事。每段故事，是所有人的青春记忆。

愿我们可以在遇见爱之后，在有生之年，欣喜相逢。若还有孤独，别害怕，我们会在一起，我愿意晚点儿再遇到你，然后余生都是你。

最后，谢谢你们一直在我身边。

周适鲁

第一辑

时光流放,笑着说爱过

我只想留下来陪你毕业

在大学毕业离校那天，我们出来实习，只有阿明留在了学校。
阿明深情款款地跟他的女朋友说："放心吧！我不会离你越来越远。我想让你知道，我只想留下来陪你毕业。"

1

大学毕业季，该走的路还是要走，谁都没有想过要逗留。阿明却和我们不一样，他选择了逗留，留在了学校。更让我意想不到的是，阿明在学校还开了自己的摄影工作室。

阿明和我同在一所大学念书，同一个专业。在我的记忆里，我知道阿明是个痴迷摄影的人。

大一刚来学校报到的时候，我第一个认识的男同学就是阿明。说起来这也是一场缘分。记得那时我在 HL 贴吧发了一条帖子：谁是 2014 级新闻班的同学？我们互相认识一下吧。后来，我提前一天来学校报到。阿明来学校报到的那天，他发了一条短信给我："周同学，我到学校了，你在哪？"

我迅速地回了阿明短信：我在宿舍，你在哪？我接你。

……

我跑下宿舍，极速走到新生报到处。在远处，阿明认得我，他冲我喊了一声："嘿，周同学。"

我走近，认真观察了一下阿明。阿明穿着运动休闲裤，还有白色T恤衫。人长得标致，就是皮肤有点儿黝黑。

阿明谦虚地和我说："以后大家就是同学了，请多多指教。"

我哈哈大笑一声："客气了。"

就这样，阿明成了我的大学同学，我的寝室邻居。

刚开学不久，我们赶上了大学军训。

我印象最深的是我害怕军训，但阿明却不把它当回事。阿明壮志雄心地说："军训可以锻炼身体，更磨炼人的意志。好事好事！"

确实，阿明在军训中乐观地操练着正步，我则是小心翼翼地军训，生怕做不好被教官惩罚。还好军训的那段时光，我熬了下来，唯一变化的是，白皙的我皮肤成了黝黑的模样。

结束军训那天，教官们在台上发表军训总结。这时候，我看见阿明从他的蓝色单肩包里掏出了单反相机。他很专注地抓取镜头，手紧紧握住单反。只听见"咔嚓"一声，我知道，一张照片就这样定格下来了。

我突然想起刚军训的时候，我知道阿明的心思，阿明一直都想拍军训的照片。但教官不给拍，理由是军训期间不能拍照，得认真训练。

阿明只好乖乖地，认真军训。直到军训最后那天，教官批了阿明的特假，让他尽情拍，拍到过瘾。

记得在阿明的寝室，我好奇地问阿明："阿明，你怎么那么喜欢摄影？我见你电脑上拍了很多原创作品。"

阿明得意地说："其实呀，摄影这东西我从小学就喜欢上了。你知道吗？我过年的压岁钱都用在单反相机上了。"

我听了这话，开始敬佩阿明。心想：要是我拿了压岁钱，钱不是花在吃上就是在喝上了。

一想到这里我便无地自容，干脆不想了。

我转移话题说："对了，军训之后就是报名社团活动了，你打算参加什么社团活动？"

阿明毫不犹豫地说："摄影协会。"

2

后来，阿明进了摄影协会。而我呢，只参加了学校的读书协会。

加入了大学社团，我们开始各自的生活圈。于是，我和阿明之间的联系慢慢减少了。

阿明在班里是最活跃的一个。老师们都挺喜欢阿明，同学们也喜欢阿明这枚开心果，然后阿明多了一个昵称叫"明哥"。

明哥是学习跟兴趣两不误啊！一边学习一边摄影。

有一次，我留在教室打扫卫生。明哥叫住了我，他说："小周，搞完卫生的时候等我，我有事找你。"

搞好卫生后，我才知道怎么回事。明哥说要给我拍一个人物写真集。

我刚开始有点儿犹豫，不过我还是答应了明哥。毕竟，给明哥当模特，那也是我的荣幸。

记得那是一年的冬天，天冷飕飕的。为了摆个好造型，我脱下了外套。没办法，一切为了艺术，值。

当我把明哥为我拍的写真照片发到好友圈时，朋友们称赞的不是我，更多人好奇的是摄影者是谁，居然可以拍出那么好看的照片。我统一回复道：明哥，一个专注人文情怀的摄影师。

我在社团读书协会其实挺悠闲的，平时也没有什么活动。很多大学同学都问我："你加入读书协会是干吗的？读书吗？哈哈哈……"

其实我不怕说真话，我确实是在读书。尽管我没有泡在图书馆，但我是借书到宿舍看的。我也不怕被笑，我看的不是相关专业知识的书籍，而是旅行书。

直到后来，我说走就走，一个人跑去了云南，这也是大学毕业之后的事了。

说真的，我羡慕明哥加入的摄影协会，一群人扛着单反去采风，想有多文艺就有多文艺。最关键的是，我知道摄影协会女生多。如果我在那，说不定我可以撩上几句。现在空想了，错过好机会了。

3

大二，明哥让我刮目相看。我知道学校里的奖学金是很难拿的。明哥却豪取了我们新闻专业的奖学金，奖学金具体金额是多少就不细说了，反正能拿奖学金是一件光荣的事情。

我一直以为拿了奖学金的人都很高调,明哥却刚好相反。他谦卑地说:"下次我会更努力的,谢谢各位同学。"

明哥当上摄影协会会长是在大二那年。在那年,明哥遇上了他的女朋友美辰。

明哥是怎样邂逅他的女朋友美辰的?具体情况我不知道。我听同学们说,明哥的女朋友和他在同一个协会,而且是个小师妹,人漂亮,长得是清纯可爱的模样。

我知道明哥是个低调的人,当然,我有点儿生气。他恋爱了也没有告诉我,明哥交女朋友的事,我是从同学们口中得知的。

突然有一天,明哥的女朋友美辰来我们班蹭课了。说蹭课好听点儿,说实话,其实是过来陪明哥一起上课的。

原来传说中的明哥的女朋友,确实漂亮,他们走在一起,不愧是才子配佳人啊!

明哥交了女朋友成了我们班的头条新闻。

以前我觉得恋爱会让一个人变懒。现在,明哥的爱情却让我大开眼界。

他们在一起除了恋爱,还会泡图书馆,一起玩喜欢的摄影,我想这是他们最幸福的事了。

4

那时我认识的明哥,他的好友圈几乎是不发动态的。

自从明哥恋爱后,他的好友圈有所保留了。我见过明哥写给他女朋友的情话。

在五月二十号那天，明哥发了一条动态，晒了他们甜蜜的合照，图文并茂送给他的女朋友：谢谢你一直在，过去现在往后，变化不断地发生，你碎花连衣裙随风飘动，我的相机快门，依然为你燃烧。

我记得那天，我在宿舍啃了两包方便面，他是活活地把我虐了。怪我单身，不然我也可以秀一下我内心的小文艺了。

从此以后，阿明的动态开始活跃起来。我总看到他发布的摄影作品，当然，他的女朋友成了明哥的专属作品。

明哥当了摄影协会会长之后，他比之前更加努力了。以前的明哥是一个人带着一捆摄影书籍在教室认真钻研，现在的他是知识与实践相结合了。明哥开始带着他协会里一群热爱摄影的人到户外拍摄，成立了独立街拍队。后来，明哥成立的街拍队给学校官方公众号发照片，摄影协会瞬时成了我们学校热门的学生社团。

明哥越来越忙了，我也开始忙了。高三时，我经历了一场失恋。上了大学我就没再怎么谈恋爱，想用长久的时间去治愈失恋的后遗症，对爱情我有了抵触。所以大学大部分时间，我选择了兼职，送快递、发传单、送外卖……反正大学能兼的职我都干了一遍。用赚到的钱，一个人去短途旅行，一个人走走停停。

很多的时候，朋友都羡慕我，好奇我怎么去过那么多的地方！

讲真的，我并不是游山玩水。其实我感受的只是一种心情，至少可以得到放松，一种自由呼吸的感觉。

5

后来，我们毕业了。我们各自的朋友来拍摄了毕业照。拍照的时候，我突然感慨我们的大学时光过得真快，说毕业就毕业了。我文艺地说：留不住我们的青春尾巴，走了，回不去了，再也回不去那些时光。

毕业那天，我见到明哥和他的女朋友。明哥给女朋友买了玫瑰花，99朵。明哥他女朋友红了眼眶，满脸依依不舍，欲言又止，许久说了一句：亲爱的，毕业快乐。

他们紧紧地抱在了一起。明哥多想时光可以凝固，这样就可以多抱一会儿，一直不分离。

明哥其实一直都没有想过毕业后留下他女朋友一个人在校园。明哥一直守着一个秘密：自己留在学校，和女朋友一起毕业，一起走下去。

我看到身边朋友太多的恋爱，发现在我身边的恋爱，一到毕业季，该哭的哭，拥抱之后，从此相忘于江湖，最后沦为毕业分手，从此成了最熟悉的陌生人。

明哥的恋爱是我在大学校园见过的最好的爱情。

他说，爱一个人，世界很美，恰好你在。尽管外面下着雨，在我镜头里你永远是我的小太阳。如果皱纹终将刻在额头，我要做到你一直在我身边。

在大学毕业离校那天，我们出来实习，只有明哥留在了学校。明哥深情款款地跟他的女朋友说："放心吧，我不会离你越来越远的。我想让你知道，我只想留下来陪你毕业。"

后来，明哥的女朋友哭了。她知道，明哥所有的努力，只是为了陪伴她，和她在一起。像明哥追求摄影一样，他对女朋友也一样：我能想到最快乐的事就是和你在一起，不分离。

原来我们在大学校园爱过的那个人，说过最深情的话不是"我爱你"，而是当毕业季要分开的时候，那个人可以很负责地跟你说："亲爱的，我们不分开。我只想留下来陪你毕业。"

后记：

明哥现在在学校开了自己的摄影工作室，他的女朋友课后在他的身边当助手。两个人一直都幸福快乐地在一起，其乐融融。我知道，他们是幸福的。我也期待着，我要的爱情何时和我来一场完美的邂逅呢？

在城市中用力活着

每个人都在一座城市中徘徊，有时坐在地铁上会问自己到底为了什么而活。终于有天我站天桥上，望着远方的高楼大厦，桥下川流不息的车流。那一刻我才明白，我想这就是生活啊，我们都在城市中用力活着。

1

刘周在一家宽敞明亮的办公室坐着，只见他坐在电脑前不停地敲打键盘，时不时看着他手里转动的手表，略显焦灼。

前几天，刘周结束了他待业青年的生活，在一家传媒公司上班。其实，这家公司只是打着传媒公司的幌子，事实上在专门写软文植入广告推销产品。

刘周刚来公司的时候，面试官对他的态度很好，满脸笑容，他对刘周说："只要你在公司好好干活，包吃住，底薪两千，努力一点加奖金，一个月四五千是没有问题的。"

刘周听了面试官的话，满心欢喜。毕竟对于一个刚从校园走出来的大学生来说，待遇已经很不错了。

那天下午，刘周特别兴奋地填写了员工入职表，第二天开始按部就班入职了。

刘周上班的公司有个规定，进入公司必须要经过五天的考核期才能正式入职。所以说，刘周必须接受这项任务。

刘周不想再过颠沛流离的生活了，大学毕业不到三个月，刘周已经换了三份工作，这份工作他想稳定下来。

刘周大学念书的时候读的是市场营销专业，现在在公司当网络编辑。

刘周想起了和他同一天进公司的芬芳。芬芳和他一样，刚毕业出来找工作都不顺心，到处碰壁。

芬芳是个长得好看的女生，喜欢穿着简约款式的衣服，所以刘周对她印象很深。

由于之前面试的时候，芬芳和刘周打过招呼，不到一天的时间，刘周和她混熟了。

芬芳大学时念的是新闻专业，网络编辑的职位和芬芳的专业挂钩。

刘周羡慕不已地对芬芳说："你真好啊，大学念的专业现在可以展露才华。"

芬芳一脸茫然地对刘周说："其实你不知道，我根本没怎么实践过，这会儿我可碰上实干了。"

他们在同一办公室上班，有时会互相说说话。

刘周屁股在转椅上坐了不到三个小时，有个老男员工突然走到刘周面前，还没等刘周反应过来，男老员工火冒三丈地对刘周说这是他的位置。刘周识趣，连声说对不起，黯然神伤地离开。后来，一位编辑部的女组长把刘周调到了隔壁办公室。

像开头说的那样,刘周在电脑前不停地敲打键盘,其实是在撰写文章,公司里的编辑部组长给他安排工作,每天要写六篇文章,要原创,不能伪原创。

可想而知,这对于学市场营销专业的刘周来说,无疑是个巨大的挑战。

就在刘周为写文章苦思冥想的时候,芬芳突然给他在微信上发出了一个会话:"我的稿件快要写完了,你的呢?"

刘周有苦难言,还是要逞强,回复了芬芳:"我的也快了,还差三篇。"

其实呢,刘周是在说谎,什么还差三篇,坐了半天,刘周才完稿了一篇。

不过快下班的时候,刘周有惊无险,算是用尽了所有的力气完成了任务,打卡下班。

2

下班后的时间是刘周最轻松的时候。做无业游民那么久,刘周终于可以体验上班族的生活,一到下班,到公交站候车,挤公交,在公交上扶着扶手,听听音乐,看车外沿途的风景,有种说不出的感觉。

刘周一回到他的出租屋,他就变得好孤独。之前有个朋友和刘周合租,那人是个大胖子。大胖子平时和他吵吵闹闹,一言不合就祖宗十八代问候一遍。不过,这也是他们之间互相开玩笑斗嘴。后来，大胖子找到了一份保安的工作，直接从屋里搬了出去，临走的时候还不忘告诉刘周，记得要搞卫生，我还会回来的。

刘周一脸不屑，我就不搞。然后，刘周不舍地送大胖子离开了。

有时，刘周也常想，其实一个人生活也挺好的，没任何打扰，做自己喜欢的事，想吵还是要闹只有自己知道。

刘周孤独的时候爱跑到超市买烟抽，每次抽烟，刘周的脸上都布满了孤独感，一吸一吐，烟圈在空中转啊转啊。刘周把烟掐了，走回屋里在电脑上播放着经典的音乐，洗洗澡，玩玩手机，一天就这么过了。

刘周心累的时候想过去旅行，但是现实却摆在他面前，刘周没有多余的积蓄，去旅行需要一笔很大的费用，刘周摇着头，怪自己异想天开。现在，他只能赚钱养活自己。

身边有正能量的好朋友对刘周来说是一笔巨大的财富。迷茫无助的时候，总有好朋友站出来开导刘周：我们的生活都要经历一场颠沛流离，若我们不吃点儿苦，怎么会知道明天的美好。在生活拮据的时候，刘周身边的兄弟站了出来，带他吃饭喝茶，还借给刘周一笔钱。

刘周很感动，他什么都做不好，唯一做得好的就是重视友谊，所以和他相处的朋友，也知道他是个老实人，在刘周困难的时候都愿意帮他。

想到这里，刘周乖乖爬上床睡觉，鼓舞斗志，好好上班，为明天努力。

道理谁都会说，话刚说到这里，刚到考核期第五天，刘周突然申请辞职了。

3

考核期最后一天。

刘周坐在电脑前，一脸瘫痪的状态，一会儿捶捶背，一会儿不停地揉眼睛。

我突然想起刘周昨天更新的动态：坐办公室，对着电脑码字的活，以为适合自己，没想到这几天落了一身病，眼睛疲倦，颈椎疼，下班回来澡都没洗就呼呼大睡了。

突然，刘周主动找了领导，他坦诚说："陈总，我打算辞职了。"

陈总是个三十刚出头的青年，长得文质彬彬，戴着一副眼镜。

陈总听刘周这么说，他的脸一下子沉了下来，他耐心地叫刘周到沙发上坐下。

刘周坐在沙发上，陈总面对着他，语重心长地说："年轻人怎么沉不住气呢，这么快就辞职。"

刘周坦诚说："陈总，抱歉，我身体扛不住，适应不了。"

其实刘周不敢明目张胆说是工作量大，他是用身体去拼才完成任务的。

陈总开始给刘周灌鸡汤："你没有看到我们公司的标语吗？坚持就是胜利，坚持就是成功。"

刘周抬头望着四周墙上一张又一张标语，它们都说得要多励志就有多励志，不过那标语最重复的三个字就是"阅读量"。

在刘周现任的公司，业绩都要靠刘周这些编辑写稿，发布到平台上提升阅读量，这样就可享受安插广告宣传产品营销了。

刘周没有把陈总满满的鸡汤喝完，他执意要离职。但陈总并没有轻易放弃，继续灌鸡汤。

刘周耐心听陈总讲，点头称是。最后陈总疑惑地问刘周来这里多久了，刘周老实说，刚好五天。

陈总脸色来了一大转变，开始不屑，那你走吧。

刘周没有立刻走，反而对陈总说："我等下班再走，我先回办公桌。"

陈总也没有赶刘周，不耐烦地说，去吧去吧。

刘周回到桌上，悄悄地把之前写的存稿转移到了自己个人空间上。原来，刘周不想白白把资源留在公司。

等下班的时间是无聊的，刘周干脆上网浏览娱乐八卦资讯。我知道，刘周临走的时候，他还要完成一件很重要的事，就是和芬芳告别。

终于下班了，刘周兴奋地匆匆收拾好东西，走出了办公室。

刘周在芬芳上班的办公室门口徘徊，从门口探了一下，只见芬芳正专注地工作，不时敲打着键盘。

终于，芬芳下班了。芬芳望着刘周，一脸迷惑："怎么带上背包去吃午饭？"

刘周不好意思地说："我辞职了。"

从芬芳的失落眼神中看到，刘周辞职对于芬芳来说，无疑是失去了一个和她一起上下班，一起吃饭的朋友。

在公司上班那段时光，刘周也是怀念的。自从大学毕业后，他很少和人一起吃饭，每次刘周都是独来独往，该吃吃，该睡睡，习惯了一个人的生活。

回想前两天，刘周捂着胸口问自己，为什么和芬芳在一起的时候总觉得好开心，也许是刘周孤独久了，想找个人说话吧。

芬芳对刘周说："那你怎么辞职了？"

虽然相处仅仅五天，但刘周把芬芳当成了朋友。刘周说："我累了，我驾驭不了这份工作，所以……"

他以为芬芳也会像陈总一样给刘周灌鸡汤，没想到她给刘周回复说："其实我也觉得这份工作负担挺大的，我羡慕你辞职说走就走，可是我不能，我那边还要供房租……"

他们边说边聊，坐着电梯下了楼，芬芳以为刘周到楼下会直接走掉，谁料想刘周对芬芳说："走，我们到饭堂吃最后一顿饭吧。"

这是刘周和芬芳最后坐在一起吃午饭，坐在一起的时候，刘周还不忘和芬芳聊天。

"我辞职以后，你……记得好好照顾自己哦。"刘周边喝着汤边说。

芬芳感觉失宠似的，回答道："我知道。"

……

后来，尽管刘周想把和芬芳在一起的时光留住，但毕竟留不住。

刘周跟芬芳在之前面试的地方坐了一下，刘周准备离开了。当时，刘周的脑海里特别想拥抱一下芬芳，但他还是强忍住了。

刘周鼓起勇气对芬芳说："我能和你握个手吗？"

芬芳很大方地伸手和刘周握了握，并祝福刘周可以找到更好的工作，刘周也祝福芬芳工作顺利。

他们就这么分开了，一直到楼下，刘周还不忘回头看了一下公司大楼，不知道在哪个角落，是否也有人在看着刘周。

4

刘周恢复了待业青年的状态。

刘周刷了动态，大胖子现在混得很好，他看到大胖子发了惬意生活的照片，刘周真心希望大胖子的好生活一直过下去。

心烦的人总爱更新动态，刘周又发了一条动态，他说："我买了一份健康，丢了一份健康。我并不是一言不合就辞职，我连健康都不能保障了，谈何工作。"

后来芬芳告诉刘周，现在每天都要上班，说好的假期到现在也没有了……

刘周不知道芬芳会不会辞职，但刘周明白，过度的脑力劳动跟在工地里干体力活是没什么区别的，说到底都是累。

我们的生活终究颠沛流离，但也要在城市中用力活着。

阿头

他知道，一个人可以胖，可以懒，但不可以做坏事。
不然的话，遇见当警察的心动女生怎么追？

1

阿头是个待业青年，心宽体胖，好吃懒做。

有天阿头的父母要把他赶出家门，说阿头已长大成人，必须学会养活自己。

阿头挠了挠头，表示不愿意离开家。但他的父母态度坚决，于是，阿头不情愿地出门了。

阿头买了张车票去了北京，一开始阿头以为自己会安心找工作，谁知道阿头的懒脑筋犯了，根本没有想去工作，常跑到网吧打游戏。过了不久，阿头的钱花得差不多了。

就在阿头无可奈何的时候，他拍了脑袋一下，想到了一个主意。

阿头做出了自己人生中最重要的一次职业选择，那就是当一名小偷。对于小偷这个高危职业，他既担心又害怕。下定决心当小偷的前一天，阿头特意跑到黑网吧上网查了小偷的技艺视频。不由感叹："还行，高手都是屡屡得手啊。"

"啊！这是哪啊?我怎么会到这鬼地方来啦?"阿头耷着脑袋,纳闷至极。

原来,阿头误闯进了庆山精神病院。

"丫的,俺第一次当小偷竟来到精神病院。精神病院是个有钱的地方,不管那么多了,来了就干,开工吧!"阿头蹑手蹑脚地走了进去,并谨慎地留意精神病院四周的动静。

阿头想过了,小偷这伟大的职业需要同伙分工协作,这样偷窃成功率才高。可是阿头没朋友,他一直都独来独往。

2

精神病院最有钱的地方就是院长希德勒的办公室了。阿头上网得知,庆山精神病院的病人大都是有钱人,病人的家属一般都拼命给院长送钱,目的是为了让病人能得到更好的治疗及服务,尽早恢复正常人的生活。

推开院长的办公室门,阿头简直被这一幕吓呆了:院长的办公室装修奢侈豪华,上等实木地板,阿斯特拉瓷砖,就连院长穿换的拖鞋都是进口的。

"哇,俺滴妈啊！我要等什么时候才可以混成这样啊！"阿头暗暗地感叹。一想到自己家的砖瓦房,阿头的仇富心理油然而生。

"老子这次要好好赚一笔,不然就对不住自己的职业。"阿头自信满满地说。

说干就干,为了更好地激起自己的"斗志",阿头不知道从哪儿弄来一条白色毛巾，然后阿头用彩笔斜斜歪歪往毛巾上写了几个字"我要成功"，绑在头上，这样看来，好励志的样子。

阿头在院长的办公室到处找啊找，他把辛苦找到的爱马仕包、瑞士手表都扔了。在阿头的眼里，只有现金才是靠谱的。阿头不知道那名包、名表可以换取一套价值N万的房子呢。

阿头在办公室找现金找到自己精疲力尽、满头大汗。最后，他坐在地上大骂院长把钱藏哪啦。话一说完，阿头赶紧闭了嘴。因为，阿头知道自己还在盗东西呢，不可太张扬。功夫不负有心人啊，阿头终于在办公室书籍里找到现金五千块，他想："奇怪的院长，这钱怎么夹在书里呢？"接着阿头随手拿了一瓶茅台酒。

偷到五千块，阿头觉得满足了，他把钱迅速藏在他超人裤兜里，学着电影里那样清理一下现场，然后把办公室的大门小心翼翼关上了。

"我可以回家喽。"阿头为自己的战绩沾沾自喜。

这时候，阿头误闯到病房。他突然发现有位女子很文艺地在弹着吉他唱歌。

该女子叫兰花，来路不明。兰花长得眉清目秀，瓜子脸，秀丽的长发。兰花甜美的嗓音穿透了阿头的心。阿头觉得，兰花就是他未来的女友。

阿头做出了一个匪夷所思的决定，他要留下来，待在精神病院装成病人接触兰花。

"你好，我是精神病人阿头。我可以和你交朋友吗？"阿头不知道从哪弄出这样的对白。

"阿头？阿头？交朋友？可以。"兰花对着阿头笑，继续在床上弹吉他。

阿头痴迷地看着兰花，一边听着兰花唱歌。同时，他小心翼翼地摸了摸他裤兜里的那五千块。阿头担心，要是钱弄丢了，所有的努力都白费了。

阿头在庆山精神病院待了一天。他发现，这里连医生护士都没有。整个医院就只有一群精神病人。他们总是没有规律地病情发作，却没有一个医护人员出来给他们治疗。这样的情况，让阿头觉得很蹊跷，摸不着头脑。

阿头问兰花说："为什么没有人给你们送药吃呀？"

兰花傻兮兮，对着阿头说："院长把给我们送吃的东西的人都赶走了。"

阿头越想越不对劲，他感觉到庆山精神病院有着不可告人的秘密。

3
阿头为防止夜长梦多，便连哄带骗地对兰花说："你跟我走吧，我带你离开这鬼地方。"

兰花居然拍起手掌唱道："你要离开，我知道很简单，你说依赖是我们的阻碍。"

阿头差点儿被兰花活活气死，但阿头看到兰花天真无邪的笑容，他莫名其妙开心起来。

阿头拽着兰花的小手，兰花跟着他走。

原来，阿头打算带兰花逃离庆山精神病院。

就在这时候，还没有等阿头他们走出病院，院长希德勒突然出现在他们面前。

希德勒生气地吆喝道："你这毛头死胖子哪来的？居然敢闯我精神病院？"

别看阿头是个心宽体胖的家伙，这时候他已经泄了气，毕竟阿头现在的身份是小偷，他知道偷人的东西是不好的。

阿头不想让兰花知道他是个小偷，他壮起胆子对希德勒说："兰花是我女朋友，我是来看兰花的。"

兰花不由自言自语道："女朋友。"

希德勒半信半疑，他还是不放心阿头，他对阿头说："你来我办公室一下。"

阿头淡定地说："可以。"

希德勒走在前面，阿头带着兰花在后面跟着，走在路上的时候，阿头心想，反正现场我已经清理了，他哪知道我偷了他的钱。

到了办公室，希德勒坐在办公室的椅子上，他仔细看了一下他办公室四周，像思考着什么。希德勒指示阿头他们坐下。

希德勒抱歉说："不好意思，我之前以为有人进来偷东西，现在看来是场误会。"

阿头假装大方得体地说："不客气，毕竟我是个外人，我也只是很唐突地过来看我女朋友。"

希德勒擦拭了一下模糊的眼镜，一下子变得一本正经地说："那怎么没听兰花提起过她有男朋友这件事？"

阿头之前在家的时候看过不少电影，他发挥他的演员天赋。

阿头闭上眼睛，睁开双眼看了看兰花，突然走到希德勒面前，悄悄地说："我当时就是因为出轨才把兰花搞疯的，我现在只是看她变成什么样子了。"

希德勒惊愕，他没有想到这个看上去老实的胖子能做出这样的事。

希德勒相信了，他对阿头沾沾自喜地说："你很有前途，我突然想起我家那个老巫婆，我也是把她逼疯了，不过我是下药搞疯的，我另外娶了一位娇妻……"

希德勒以为阿头也是坏男人，他居然不小心说漏了嘴："其实我比谁都有钱，他们病人家属送来的钱都在我个人账户上，我都私吞了。"

阿头很想给希德勒挥上几拳，他没想到这个院长这么坏。一想到希德勒身边站了两个高大威猛的保镖，他怂了，附和道："厉害厉害。"

这时，擦干镜片的希德勒看到阿头头上白色毛巾上的"我要成功"几个字，指着阿头问："这是怎么回事？"

阿头又编了个谎言："我要成功是因为想给兰花一个美好的未来，以前我对不起她，现在想补偿她。"

希德勒鄙夷地对阿头说:"男人有钱去哪都有女人,哪有什么对不起?"

希德勒话刚说完,突然精神病院内响起了雷鸣般的爆炸声。

4

希德勒想离开,这时候,看上去神经兮兮的兰花突然用起了功夫,一脚把希德勒踢倒在地。希德勒的保镖毫无防备,看见老板受伤了,他们也挥起拳头准备打兰花。

阿头一直以为兰花是病情发作才那样的,他大力推开强壮的保镖,大喊:"兰花你快走。"

兰花虎视眈眈咬着希德勒不放,转头对阿头说:"阿头,你让开。我是警察。"

来不及多说,好人坏人一下子噼里啪啦地打了起来。阿头躲在沙发的一个角落,默默看着,没想到兰花这么能打。

不到十分钟,兰花制伏了他们。原以为戏就这么完了,没想到,希德勒不知道从哪弄来一把手枪对准兰花,准备开枪。

阿头二话不说替兰花挡住了。阿头手臂受外伤,倒在地上。

兰花重重给了希德勒脑袋一拳,希德勒晕倒在地。

阿头哇哇大叫,他在想自己二十五岁的人,居然还体验了一回中弹的滋味。

阿头朝着兰花笑了笑,也晕了过去。

当阿头醒来,他已经躺在医院的病床上,兰花坐在他旁边。

兰花感激地说:"阿头,谢谢你替我挡了一枪。"

阿头习惯性地挠头说:"没事。"

阿头开始坦白:"其实我是个小偷,我在精神病院那里偷了五千块,我想把钱还回去……"

兰花笑了笑说:"我知道你是个小偷,但你心地还是善良的。"

阿头大惑不解:"你怎么知道我是小偷?"

兰花说:"你在办公室偷钱的时候,当时我在里面,只是你没看到我,然后我悄悄溜回病房假装弹吉他了。"

……

兰花还跟阿头说:"其实她在庆山病院卧底三个月了,目的就是为了调查希德勒。没想到希德勒不仅贪污腐败,还在精神病院内种植罂粟。那一次爆炸事故就是为了烧毁罂粟……"

5

最后的结局。

希德勒被重重判了刑。阿头的病情好转了,出了院。

临走的时候,兰花给阿头留下了联系方式,说有事可以找她,叫阿头不要学坏了。

阿头走出医院,抬头仰望着明媚的天空,他似乎明白了什么。

他知道,一个人可以胖,可以懒,但不可以做坏事。不然的话,遇见当警察的心动女生怎么追?

后来,阿头正经找了一份工作,在一间大型水果店当搬运工。

自那次英雄救美后,阿头对兰花念念不忘。

他突然想起兰花给的联系方式,一开始他想直接打电话过去,思量了一下,阿头终于做了决定。

阿头拿出手机,打开短信编辑处,写了一句话:"兰花,我是阿头。我没有变坏,我找到工作了。我想你了,我想见你。"

发出短信那刻,阿头傻乎乎地笑。

我听说,阿头的父母催婚了,看来,阿头想把兰花带回家了。

不管他们最后的结局如何,我希望阿头可以幸福。

我的北京小妞

有时相遇比爱幸福多了。

1

前几年,阿适在网上认识了一位来自北京的小妞佳佳。佳佳和阿适年龄相仿,十六七岁。

他和佳佳是在一个QQ群认识的,那年,阿适高三,佳佳高二。因为他们都有个共同的目标,就是考大学,报传媒专业。

老实说,阿适也不是什么励志青年。都上高三的人了,还整天泡网吧。

佳佳担心阿适:"你这样子下去,人生可就毁了。"

阿适不屑地说:"你管我啊?我们只是网友,你少来关心我。"

佳佳说,我把你当朋友才关心你。

阿适听到佳佳说"朋友"这词,他内心感到无地自容。在现实生活中,阿适独孤到没朋友,没人愿意和他说话。

从那天起,不知道怎么回事,阿适很少泡网吧了,乖乖到教室上课。

阿适第一次听说佳佳来自北京的时候,他满心欢喜地说:"哇,你来自北京啊！那可是我们的首都哦，北京天安门、颐和园、长城都在那里……"

阿适兴奋地说："我以后也要去北京。"

佳佳说："以后你来的话，我好好招待你。"

阿适激动地说："以后你也可以来我这，我这里是海滨城市，我带你去海边玩。"

他们在QQ上聊了半年，算是混脸熟了，阿适和佳佳语音视频都通话过，遗憾的是彼此没有正式见过面。

阿适自带鸡血励志地说："我会努力的，总有一天我要去北京看你。记得等我，北京小妞。"

佳佳眉开眼笑说："好，你加油，我等你。"

在阿适的记忆里，佳佳是个乐观开朗的女孩，喜欢扎着马尾辫，圆嘟嘟的脸蛋，却是万分可爱的模样。

有段时光，阿适会唱粤语歌给佳佳听，佳佳偶尔教一下简单的北京话给阿适。他们彼此分享各自的生活圈，乐此不疲。

直到有天，佳佳对阿适说："你快要高考了，记得好好学习。还有别忘了你的梦想，所以我们暂时不聊天了。"

就这样，佳佳和阿适暂时断了联系。有时，阿适虽然没再和佳佳聊天，但他会跑到佳佳空间看动态，不到两三分钟，阿适就把自己的访客记录悄悄删除了。

阿适这么做的目的很简单，其实想知道佳佳的近况，但不想让佳佳知道。

高考最后一个月是阿适最煎熬的日子。因为阿适的学习成绩差,他不得不比别人付出好几倍的努力,这样才能把成绩提上去。阿适的课桌上摆满的书籍快掩盖他的头了,他把老师布置的高考复习题库试卷做了一遍又一遍,有几次,阿适学习学到累得扑倒在桌上睡着了。因为有信仰,阿适死活拼命地学。

　　直到高考前夕,阿适彻夜未眠。阿适给自己压力:如果高考成功,他就可以念大学。不然真的像阿适父母所说的那样,回家养猪,壮大家族企业。

　　阿适并不想听从父母的安排,自己还这么年轻,不想这么早就束缚在家里。他倔强,他发誓一定要好好读书。

　　上天还是没有辜负努力的人,高考结束后,阿适满心欢喜地吹着口哨骑着单车到邮政局领取了大学录取通知书。他兴奋不已地和佳佳开着视频说,我考上大学啦!快恭喜我吧!

　　佳佳恭喜阿适,也埋头用功念书了。

2

　　阿适考上大学那年,第一次从老家拖着行李箱坐了好几个小时的火车来到广州。

　　在这座城市里,阿适看到有种光芒点亮着他,阿适把它称为梦想。那时阿适对佳佳说一定要考上广州××大学,如今梦想实现了,阿适不禁感叹万分。

　　阿适大一新生报到那天,佳佳升上高三。

阿适给佳佳空间留言:"不苦不累,高三无味;不拼不搏,高三白活。"

佳佳给阿适回复说道:"励志名言,我喜欢。"

"准高三的孩子加油!"

佳佳给阿适回复眨眼励志的表情说:"努力在路上。"

其实阿适心底感激佳佳,如果当时佳佳不是把他当朋友训了一顿,现在的阿适也许就是个养猪专业户。

阿适告诉佳佳他大学报的是新闻专业,班里的男女比率和之前读文科班一样,女多男少,男生成了国宝。

佳佳不禁哈哈大笑,说那男生成了国宝岂不是很得宠?

阿适沉默了一会儿说:"不知道呢,过段时间就知道了。"

过了一段时间,阿适欲哭无泪。上了大学之后才发现,班里的大部分女生成了师兄的女朋友,男生没有成国宝,而是变成了可怜的单身狗。

佳佳说,那你也赶紧找一个啊!

阿适努力点头,找你。

佳佳说着北京话:"你这个王老五,张八样儿(不稳重)!"

阿适知道佳佳的意思,她是说阿适这单身汉这么不稳重,爱怎么能随便说出口呢。

阿适傻笑说,爱就是要说出口才有幸福的可能。

在佳佳进入高三状态的时候,阿适开始他的大学生活。

高考之后,阿适本想上大学就可以犯懒了。但他想了想,为了不辜负父母用家里好几头猪换来的大学学费，阿适懒惰的念头便打消了，在校园里努力参加社团活动，有时也会跑去校外干点儿兼职。

有时候爱情来得让人毫无防备，大一下学期，阿适谈恋爱了。

阿适把自己恋爱的消息告诉佳佳，他以为佳佳会失落，没想到佳佳对阿适说，你要记得幸福哦，好好享受恋爱。

阿适那时才明白，佳佳一直是把他当成朋友，对他没感觉。

阿适这段恋爱谈得也不太长久，两个月就挥手道别了。

失恋那些日子，阿适从超市买了一箱零食，吃了就睡，醒了就吃。阿适的室友骂他，失恋有什么了不起，又不是以后没人要了。

阿适双腿踩着白色的墙壁，像个孩子一样哭闹，我失恋了，我难过……

佳佳其实也知道阿适失恋了，毕竟阿适频繁地更新动态，想不知道都很难。

佳佳安慰阿适：别难过了，就把失恋当成一次成长吧，失恋以后就会长大了。

阿适似懂非懂：我要多久才能长大？

佳佳没有直接回答，说了一句，以后你就知道了。

3

佳佳的高三生涯比阿适苦恼多了，佳佳是家里的独生女，父母对她的期望更大。佳佳的父母不仅要她学习好，还要精通乐器。可想而知，佳佳除了上课，还要学习钢琴。

佳佳没有抱怨，只能埋头苦读。她知道父母这么苛刻要求她是为了她好。阿适知道，佳佳的QQ已经有大半年没有上线了，阿适了解，佳佳在用功备战高考，是为梦想而战。

突然有天，佳佳的QQ上线了，她找阿适说，高三太煎熬了，我快撑不住了。

这回轮到阿适开导佳佳了："我的北京小妞啊，你现在是走我的老道，等过了这条路，自然就轻松了。"

阿适给佳佳描绘大学有多美好，课程少，社团活动好玩，时间自由任由自己掌控。

佳佳忘不了阿适的上段恋情，她转移话题说："最近如何？走出失恋了吗？"

阿适这回算个成熟的男人了，他说，还好吧，我走出那个阴影了。爱一个人虽然爱到刻骨铭心，最后我们还是分开了，哪怕是遍体鳞伤，我都记得，从前到现在，我对她念念不忘，但现在，我学会了放下。

佳佳不禁给阿适鼓掌：好久不见，说话都这么有文艺气息了。

阿适露出久违的笑容说，跑跑图书馆还是有用的。

原来在那段失恋的日子里，阿适并没有自暴自弃，难过的时候他会去HL湖跑步，焦灼的时候就会跑到图书馆看书。

QQ下线的时候，佳佳充满期待地说，熬过高三，到时我也解放啦，哈哈哈……

阿适给佳佳打气：加油，努力的路上希望一直在。

就这样，他们终止了对话。

很多人都说，高三的那段时光是最煎熬的，背负各种各样的压力，担心高考考砸了就会毁了人生。所以每个人都不想放弃，我们都知道，能坚持下去的人，有种力量叫作梦想。

佳佳的动态一直停留在高三上半学期，直到高考结束，她才更新了一条动态：我知道，有些东西一旦坚持下来，开出的花儿都是美丽的。

佳佳结束了她的高考，就在高考之后那天晚上，佳佳约了两三个姐妹在路边烧烤摊点了几瓶啤酒。她手舞足蹈起来，我们自由了，自由了！

一句自由的背后不知道有多少个日日夜夜把心思用在高考上，想起就心酸。一想起结束了那段日子，佳佳不禁笑了。

这时，佳佳想利用漫长的暑假去一趟广东，她说想来广州，看看这座魅力城市，还有她的广东仔阿适。

但佳佳的父母阻拦了她，认为佳佳还小，不宜出远门，担心她的安全。佳佳从小是个乖乖女，便放下了念想。那年夏天，佳佳在附近的商场打了暑假工，当了导购员。

4

多年以来，佳佳和阿适始终没有见过面。

阿适大学毕业了，他也终于明白了为什么失恋会让人长大。原来爱情并非只是两个人在一起，有时分开了，彼此可以更好地生活。

佳佳还是和以前一样,她会找阿适聊天,分享她身边各种新鲜事。

阿适听说佳佳最近喜欢健身,喜欢夜跑。她在阿适面前抱怨自己又长胖了,阿适宠着她:你并不胖啊,你只是长着胖嘟嘟的脸蛋儿,其实也蛮可爱的。

佳佳竖起中指:"哪,真的胖好吗?"

阿适想起高三时对佳佳说过的话,总有一天我要去北京看你。记得等我,北京小妞。

现在,阿适突然觉得有些事情未完成。他突然背着行囊打车到白云机场买了一张去北京的机票。

飞机从天空中划过,有航班机即将降落在北京。

有时相遇比爱幸福多了,阿适不知道会遇到谁,但阿适知道一定有个北京小妞在等他。

我想他们的相遇会如歌般灿烂:

你会不会忽然地出现

在街角的咖啡店

我会带着笑脸挥手寒暄

和你坐着聊聊天

漂洋过海过来和你在一起

因为喜欢，我想追你。
因为爱情，我想让全世界知道我喜欢你，
我愿意漂洋过海和你在一起。

1

我已经忘记自己的单身生活有多久了，我听说爱情让人着迷，让人心碎。我恐惧，若继续单身下去，我会孤老终生。这么多年，我只在电视剧里看见过浪漫的爱情故事。现实里，我遇到爱情的概率极少，现在，我好想谈场恋爱。

贵宝最近交了个新女朋友，他带女朋友到我的租屋内串门，并且专门给我带来宵夜。他把宵夜放在桌上，然后抽着烟，吐着浓浓的烟圈，得意扬扬地对我说："周年，这是我女朋友。"

一开始，我打算对贵宝说，去你大爷的，上个月失恋要死要活，这么快就换上女朋友了？

我改变了主意，突然有礼貌地对贵宝说，哇，有两下子啊。恭喜你啊！

贵宝的女朋友身材火辣性感，只见她嚼着口香糖，东张西望。

我一把把贵宝拉到身边，凑到贵宝的耳边，悄悄地问："你怎么那么快交上了女朋友?"

贵宝神秘地说:"手机,摇一摇啊。"

我懂了,手机摇一摇摇出了一个女朋友。

一个月前,异地恋女朋友和贵宝分手了。广州到北京的距离,他们长达两年三个月零八天的恋爱,数不清的广州至北京的往返高铁票。我以为他们克服了煎熬的异地恋,会一起走完这一生。谁知道,贵宝的前任受不了了,她说,再也不想异地恋了,整天只能对着屏幕谈情说爱,想拥抱的时候都抱不到,需要你的时候不在身边。我累了,我想解放。于是,她狠心割舍了和贵宝这段漫长的感情。

贵宝的前任提出分手的时候,贵宝不死心。他二话没说用一个月的伙食费买了张机票凌晨一点坐飞机到了北京。出了机场,严冬的晚上,他不知道北京的冬天那么冷,他瑟瑟发抖,不停在机场给他的前任打电话,哭着说,我们不分手好吗?我在北京,我来看你了,我们复合吧,好吗?

贵宝的前任万念俱灰,在电话那头说:"回去吧,我不想和你在一起了。"

贵宝像个失宠的孩子在祈求着说,不要这样好吗?我们好歹彼此真心相爱一场,我不想和你分开。

贵宝的前任是铁了心分手,贵宝不再说什么了。他黯然神伤,心也死了。他买了回广州的机票,结束了这段异地爱情长跑。

贵宝失恋的时候,我以为贵宝会痛心地跟我说,我再也不相信爱情了。谁知道他说，我要让离开我的女人知道，没有她，我一样可以过好自己的生活。

他确实是很好。我以前见过很多失恋的人因为痛彻心扉，后来就振作不起来了。只有贵宝努力把悲痛化成动力，现在的他混得不错，已是一家文化公司广告部的主要负责人。

我疑惑地问贵宝："你在手机里摇出来的女朋友靠谱吗？"

贵宝说："靠谱。毕竟我们是在酒吧一见钟情哦。"

我放心地说了一句：那就好。

2

他们在我拥挤的出租屋坐着，我和贵宝聊天，贵宝的女朋友则在一旁玩着手机游戏。

一开始我总觉得贵宝的女朋友是为了贵宝的钱才选择和他在一起。现在看来，是我想太多了。

我发现一个细节，贵宝当时感冒咳嗽，贵宝的女朋友马上放下手机里玩的游戏，凑近贵宝身边说，叫你晚上睡觉不要踢被子，你偏踢。现在好了，感冒了，还要抽烟。她口头骂着贵宝，却用纸巾帮贵宝擦拭鼻子里流出的鼻涕。

贵宝呵呵地笑，没事的，过阵子就好。

这时，贵宝突然关心起我的情感生活。

"周年，你也该找个女朋友了。认识你这么多年，你一直都很胆小。我记得高中读书的时候，老师让你和女同学一起朗诵诗歌，你对着女生说话都支支吾吾。胆怯要改,大胆点儿,不然真的交不到女朋友的。

贵宝的女朋友听了哈哈大笑,这样子不行呀,要不我介绍姐妹给你认识。

我毫无防备。我一直觉得单身的日子挺好的,不吵不闹。如今谁料到自己沦落到要相亲的节奏。

我说:"其实单身还好啦,习惯了就好。"

贵宝还是没放过我,他说,找个女朋友好收拾房间,你看你现在一个人住,屋里邋邋遢遢的,要是女朋友住的话,很多东西都不一样了……

他们给我传递的信息我都知道,他们想让我恋爱,不想我一个人,一个人会承受更多的孤独与寂寞。

有些道理大家都懂,但真正做起来很难。说真的,单身久了,我确实想过恋爱。但恋爱不是我一个人想恋就能恋,关键还是要找个互相喜欢的人。如果可以互相喜欢,我当然情愿在一起。

3

初二,我暗恋班里学习最好的女生,我偷偷为她写了三个月的日记。每一个字每一个标点符号都代表着我对她的想念与情愫。在那个初中时代,非主流音乐流行,校园里的广播音乐在荡漾,草坪上总会出现好几对情侣手拖手在漫步,领导见到有人在校园内拍拖,会阻止,抓到拍拖对象在学校通报,理由是违反校规,影响学习。

那时我的暗恋总是小心翼翼，生怕被人知道。但有一天，不知道是谁翻了我书桌，看了我的日记本，我的事情被人知道了。我哭了，我不知所措。

意外的是我没有被学校领导拉去通报，庆幸的是不用通知家长。唯一让我抬不起头的是，我再也不敢看一眼我暗恋的女生。

直到有一天，我的暗恋女生走到我桌前。

她对我说："喜欢我就直接点儿吧，不用为我写日记。谢谢你喜欢我，可我有男朋友了。"

我呆在桌上，已是难过到说不出话。如果那时我勇敢点儿，主动点儿，会不会故事结局就不一样了？

后来，我把暗恋的那个女生当成了我情窦初开的初恋。我没有和她在一起过，却成了我写过日记里最苦涩的爱情。

4

直到现在，我还是个单身贵族。

单身的日子，习惯了一个人吃饭，过马路，挤着地铁公交，独处已成了习惯。想想，这些我都无所谓了。

我知道，上天有天会眷顾我的。

两个月后，贵宝带着他的女朋友去了一趟成都，他们去那旅行，说要在成都享受一下休闲的慢生活。

我祝福他们旅行愉快，记得回来时给我带手信。

我回到我的生活圈。白天骑着电动车送快递,送了一家又一家。到晚上一下班,我就躺在床上玩手机。因为无聊,我下载了两款游戏,斗地主和拳皇1997。

我在游戏里厮杀,斗地主豆豆币输光了,就玩拳皇,拳皇里的KYO是我最喜欢的角色,我可以带领KYO以一敌三。

突然,我手机里有个消息提醒:你的好友君珺已上线,邀请你一起观看。

我关了游戏,打开直播。

我记得,以前在直播的时候,我的直播间一直都冷场,只见有人在点泡泡,却从未有人在屏幕上打字聊天。

而这时候君珺出现了,她和我在直播间互动交流,她是第一个跟我说话的人。后来,我点了她的主页加了关注。

君珺上线了,我当然也要给她撑场。我热情地和她互动。

"嗨,我来喽。"

"你笑起来真好看。"

……

君珺一直在屏幕里笑个不停。后来,夜色已晚,我下线了,第一次私信给君珺道了晚安。

君珺回了我一句:晚安,早点休息吧。

都说主动的人有故事,以前的我在女孩面前胆怯,现在的我要勇敢一回,我干脆问了君珺的微信。

贵宝一直在好友圈里晒他的旅行,哪怕走到成都的某个街头,他都要图文并茂把两人合照及成都好风光晒一遍。

我秒点赞，评论说：你快回来吧，我的手信。

贵宝回复一个白眼表情，"好啦，知道。"

我租房附近的野猫在"嗷嗷嗷嗷"地狂叫，它们刚好赶上了交配繁殖后代的时候。"嗷嗷嗷嗷"的怪声吓到了我，我差点儿把手机从床上摔下去。

5

我加了君珺的微信，没有第一时间和她对话。因为白天工作忙，我得放好手机，闭眼睡觉。毕竟我要上班，没有好的睡眠是无法保障工作质量的。

当我和君珺聊天的时候，我居然会有种怦然心动的感觉，我说不出为什么。

我知道君珺是个好女孩。君珺大学在读，学的是幼师专业，感情状态空白。之前看她直播，我发现她总爱笑，有次因为没什么人和她互动，她笑着看着屏幕重复说：好尴尬啊，怎么没人说话呢？

我一直感觉自己是个对感情敏感的人，一旦陷下去，就会无法自拔了。

我和君珺深聊久了，我怕迷失自我，我担心会爱上每天陪我说话聊天的女生。

我坦诚地对君珺说："我们还是减少聊天频率吧！我怕日久生

情，我会情不自禁喜欢上你。"

君珺说："为什么怕？那就想啊。"

我说："想你会想拥抱你，抱不到会不爽。"

我发了个拥抱的表情，君珺只是"哎哟"了一句。

我没有说话，盯着她的背景图，那是个闭着眼睛自我陶醉的表情，说真的，那样子已经迷倒我了。

君珺总叫我小蜜蜂，因为我直播的时候，喜欢自带蜜蜂表情。

夜深了，适合谈情说爱。

我继续说："我感觉要网恋的节奏，太恐怖了。"

但君珺意外给我留了一句：我会到你的城市找你。

我不知道她说的话是真是假，但还是暖到我心窝。

见过的爱情，爱上一个人，无论 ta 在哪，只要有想念，就会突然出现在 ta 面前，好好地和 ta 在一起。

我憋了半天，大胆跟君珺说：当我的女朋友好吗？

我没想到她答应了：嗯。

我惊喜不已，还不相信地问了一句：真的吗？

她说，不然呢？

那我们在一起吧。

我们互相留下了号码，一起约好等国庆长假就去云南约会。

我把这消息发给贵宝，他大骂我神经病，是不是现实中没人爱了，非要搞网恋，小心被人骗。

我认真地说，我爱上她了。管它什么网恋，我就想和她在一起。

贵宝说，国庆节那天我就回来，你等我，你小子别犯傻啊。

其实贵宝不知道，我单身这么多年，难得有女孩关心我，知道我有晚睡强迫症，会叫我少熬夜；知道我做直播不容易还打赏我；知道我天天对着电脑，会叫我买个仙人球防辐射；知道我早上起床拖延，会准点打电话叫醒我上班。我不爱她，我就不是男人了。那时我说上天会眷顾我的，我想上天就是派她来爱我，变成我的小天使。

6

贵宝和他女朋友回到广州白云机场那天，我接了他们。我背着行囊待在机场，贵宝疑惑地望着我：你带那么多的装备准备去哪儿？

我坚定地说：云南。我和未来女朋友约会。

贵宝目瞪口呆，真的打算见网友？

我否定，那是女朋友，不是网友。

贵宝说不过我，抱了抱我说，到了云南给个电话，顺便给个定位，失踪了好找你。

贵宝说完远离我，我追着他，我去你大爷，你就不能好好祝福我吗？

告别贵宝他们，我把他给的手信放在行囊里，过了安检通道，等待不一会儿，我登机了。

飞机起飞那会儿，我关掉了手机。我喃喃自语，如果说这就是爱，我情愿漂洋过海来看你，和你在一起。

飞机穿过云霄，我在小本子上随手写了一句话：每个人都有追爱的权利，哪怕失败，也要昂首挺胸地说一句，我勇敢为爱付出过了。我们都应该懂，因为喜欢，我想追你。因为爱情，我想让全世界知道我喜欢你，我愿意漂洋过海和你在一起。

飞机降落云南长水，我下了飞机。

我在机场上不停地徘徊，看着匆忙行走的人群。

突然，有人喊了一声：小蜜蜂。

我回头，君珺。

原来，君珺在机场等候我已久。

"你怎么知道我会来？"

"因为我知道，你不会骗我。"

我走到她身边，给了一个深情的拥抱。

我们出发了，一起行走在旅行的路上。

在大理，我们早起看洱海日出，走在古城的街头，在苍山遥望风花雪月的大理风光……

旅行结束，我在机场恋恋不舍地与君珺告别。在离别之前，君珺不舍望着我："你会不会一直爱我？"

我笑着说："傻瓜，你说呢？"说完，我再次拥抱君珺，吻了吻她的额头。

说完，她哭了，哭得很动听。

我答应她，以后的时光我们还会相见。

那天君珺目送我登机，我转身，不忍心看她，我怕我的眼泪会掉下来。我舍不得离开,虽然是短暂的旅行,但我们在一起的时光是如此让人难忘。

后来。

君珺也来到我的城市,我明白:相爱的人无论分离多久,他们终究会在一起。

我喜欢的女神在直播

他在深夜像个孤独患者,打开手机直播,点开了他喜欢的女神直播间。
他笑嘻嘻地和我说,我喜欢的女神在直播。

1

前段时间,坚哥迷上了直播,无法自拔。一有时间他就上直播间,只为给他喜欢的女主播撑场,送礼物。

坚哥有份稳定的工作,在一家传媒公司做新媒体运营。平时下班回出租房,练练吉他弹唱,玩玩手机。

一开始我觉得坚哥生活状态挺好的,可没过多久,坚哥的生活发生了改变,只因他迷上直播,沉溺于买礼物、送礼物。

坚哥是我大学校友,我刚到广州漂泊那会儿,他在地铁上偶遇了我,他特别兴奋地和我说:"茫茫人海中遇见不容易啊,以后在广州多相聚。"

我很惊喜,毕竟在茫茫人海中遇到,是一场缘分。我点着头说:"你放心,有时间会聚的。"

坚哥,一个健壮、豪爽的青年。在大学的时候,坚哥不仅学业有成,还擅长打篮球。我记得有次篮球联赛,他居然现场扣篮了,霸气十足。

我留意过周边的女同学，除了呐喊尖叫，还在窃窃私语，这扣篮的男神是谁，我想知道他的微信号……

确实，坚哥魅力倒是不少。读书那会儿有不少师妹追他，我不知道坚哥是不是觉得自己还不够优秀，他都坦白地拒绝了：对不起，谢谢你喜欢我。可是……

直到大学毕业，坚哥还是没有恋爱，以单身状态结束了他的大学生活。唯一让他欣慰的是，坚哥收获了各种荣誉，优秀学生干部、励志奖学金……当然，坚哥还受到一家传媒公司的青睐，向他伸出了橄榄枝，直接到公司上班，也就是坚哥现在的工作——新媒体运营。

坚哥混得风生水起，我却不敢告诉他，我走在一条艰难的路上，我失业了，现在是待业青年。

我也没想过告诉他，我不想欠别人的人情。我知道他是个豪爽的人，生怕一旦告诉他，他会拿钱来砸我，解决我的窘境。

我继续过着漂荡的生活，没有正式工作，白天我厮混在地铁站附近，卖手机套、卖雨伞。运气不好的时候，我会被城管追着跑。晚上是我最放松的时刻，回到出租房，播放轻音乐，聊聊天，有灵感写写故事，一天就这么过去了。

2

突然有一天，坚哥找我，说："出来聚聚吧，我们去喝几杯。"

那会儿，我刚好结束白天颠沛流离的生活，原本想回出租房休息。想了想，我还是答应了坚哥。

我离坚哥住的地方很近，搭地铁也就是三个站点。

去了约好的地方，我们在一家街边烧烤店坐下。坚哥点了好多烧烤，还叫了一打啤酒。

刚开始，我以为坚哥有好多话和我说。谁知道他只顾着看手机屏幕，边吃着烧烤。

我喝着闷酒，也拿出手机玩。

这时候，坚哥突然开口说话了：阿B啊，跟你说件事，你有看过直播吗？

我放下手机，一脸疑惑："什么直播？"

坚哥见我不明白，他示意："你过来看一下我手机。"

我走到他身边，看了看他手机。我恍然大悟，这是网络直播啊，听说直播挺火的。

我接着说："难道你想自己开直播吗？"

坚哥哈哈大笑，神秘兮兮地跟我说："我不直播，我只负责看。"

我说："那多没意思啊。你只负责看，人家开直播都赚钱了。"

坚哥不小心说漏了嘴，他说，我看直播都已经为我的女神打赏礼物花了四五千了。

我目瞪口呆："不会吧？你不会是看直播上瘾了吧？"

坚哥解释说："我想不会上瘾的，只是看看，赏一下礼物而已。"

我说："不上瘾就好。来吧，干一杯。"

坚哥和我碰杯，眼睛却一直盯着他的手机屏幕。

后来我生气了，我对坚哥说："喝酒就不要玩手机了，尽情喝起来吧！"

坚哥见我不开心的样子，终于暂时放下了他的手机，歉意地说道："好！"

我们吃着，喝着。不到一会儿工夫，一打啤酒就这么喝完了。

我打着嗝说："好饱。"

坚哥酒量大，还不满足。他向服务员招招手："给我上一瓶二锅头。"

服务员满脸歉意："对不起哦，这里只卖啤酒，不卖二锅头。"

坚哥有些失落："好。"

坚哥转过头，对我说："你自己在这坐会儿，我去小卖部买瓶二锅头。"

我刚准备说不用了。谁知道话还没脱口，坚哥早已跑去不到两百米的小卖部了。

回来的时候，坚哥拎着二锅头。一屁股坐下："来，阿B！干！"

我想起自己是不能喝二锅头的。我拒绝，不过喝不了二锅头，再上瓶啤酒好了。

坚哥没有勉强我，"好吧，我自己喝。"

我突然想起坚哥在大学时常说的一句话："用子弹消灭敌人，用二锅头放倒兄弟。"

如今，坚哥却没用二锅头放倒兄弟，却放倒了自己。坚哥喝醉了，倒在桌上。我还清醒着。

我要回去了,天色毕竟已晚了。我准备买单的时候,服务员告诉我,有人买单了,现在只差一瓶啤酒的钱。

我才知道坚哥跑去买二锅头的时候,他就结账了。

……

我扶着坚哥,送他回到宿舍。当我回到自己出租房的时候,没想到坚哥还能给发我语音,他说:"今晚我很高兴,你早点儿休息吧。我看看女神直播就睡……"

3

坚哥最后因为沉迷直播,耽误了他的工作。

第二天,坚哥没有完成主编下达的任务。主编把坚哥骂得狗血淋头,说坚哥再不好好干的话,就准备下岗。

坚哥跟我说他想戒,可是做不到,他沉迷直播已经不是一两天的事。

坚哥开始责怪自己,感觉自己陷进去了。以前还好,看直播只是看,没想过送礼物。现在,送礼物上了瘾,只有这样自己才有存在感,总想自己在女神直播守护排行榜列第一。

我问他:"那你见过你女神吗?"

坚哥说:"没有。但是她可以给我快乐啊,她一上线直播我就心欢喜。她会唱歌跳舞,而且阳光幽默。"

我此刻才知道,坚哥只是追求精神满足,没有想太多,也从未想过沉迷直播会耽误了他的工作。

坚哥沉迷直播。

有时上瘾就像吸烟，明知道刚开始吸的时候会感觉呛，头晕，时间久了，习惯了，就变成老烟民。

我劝坚哥，戒了吧，大不了把直播卸载，眼不见为净，心不念。

坚哥怕自己不够坚定，我可以吗？

我说："你不努力试试怎么知道？难道你想失业吗？和我一样漂泊？"

我如实告诉坚哥，我失业了，我的生活过得不好。可我还没对生活充满绝望，我还是想要在广州偌大的城市用力生存。

坚哥听了，他惊呆了。他想了想，说会努力的。

4

直到现在。

我不知道坚哥还有没有沉迷直播。

但我看见了他在好友圈弹吉他的小视频。

他说，以前我总习惯在夜色中看着你喜怒哀乐，习惯了你的生活。现在，我该自己生活了，过自己的生活，好好工作，为生活努力。

再见，我的爱情

我们不爱了，我也该放手了，我不想活在你的回忆里。
你不爱了，也请远离我。再见，我的爱情，好聚好散。

1

这是一段我的朋友苏珊爱过的故事。

大一军训，军歌在校园里高昂嘹亮。

> 日落西山红霞飞
> 战士打靶把营归、把营归
> 胸前红花映彩霞
> 愉快的歌声满天飞
> ……

这时候，苏珊队伍里的教官突然发了脾气，怒骂道："唱歌都唱不好，全体起立，罚深蹲！"

苏珊窃窃自喜，心想：全体罚深蹲，自己可以偷一下懒。

谁知道教官喊了苏珊一声："第一排头出列，做五十个深蹲。"

苏珊想不明白为什么，问了教官：教官，凭什么是我做深蹲，不是一起吗?

教官严肃地说:"我在说话的时候你分神了,没有认真听。"

苏珊一句话没有说,低着头,她很不情愿做了五十下深蹲。

回到队列,苏珊跟着队伍继续操练,苏珊过一会儿又被教官罚出列深蹲,连续叫了两遍苏珊的名字。

这时候,苏珊火了,脑海里浮现一个想法:教官是整我吗?凭什么那样对待我!

年轻人毕竟沉不住气,苏珊一边做深蹲一边很大声音骂教官:浑蛋!

突然,苏珊站起来,生气地对教官说:"你叫我做就做啊?我偏不,我就不做,不做。"

教官被激怒了,朝苏珊说:"你不做深蹲可以,全班同学替你做。"

苏珊不知道从哪里来了一股力量,朝着全班吼了一句:"谁都不许做!"

当然,同学们没有一个人听苏珊的话。班里每一个人都听教官的话并做了深蹲。

同学们知道,军训惹教官迟早会惹上麻烦的,唯有乖乖听话,好好做深蹲。

教官不知道什么时候出现在苏珊的面前,很生气的样子,准备要打苏珊。

这时一位高个子冲了出来,拦住教官。

高个子是苏珊的同班同学，叫平凡。平凡有一米八的身高，很瘦，样子很阳光。

平凡请求说："教官，放过她吧，她只是个女生。"

教官严肃地说："在军队军令如山，第一意识就是要服从命令。"

"你给我回到队列去！"教官训了平凡一句。

平凡并没有听教官的话，站在那里。

"你英雄救美是吗？好好，你跟她一起受罚。到操场上跑十圈，没有完成任务不许吃饭。"

站在平凡旁边的苏珊没有想到，平凡会站出来替她说话。在苏珊的记忆里，平凡是班里最高的男生，有点儿显眼，然后就没有其他印象了。

讲真，苏珊还是被平凡感动到了，被人欺负有人给自己出头，心里还是多了一股暖流。

他们一起被教官罚了。

在操场上，苏珊和平凡一起跑步，跑累了，苏珊想休息，但教官一直在盯着。平凡给苏珊打气：没事，不要跑太快，慢慢跑。

苏珊不知从哪来了一股巨大的力量，打了鸡血似的，继续奔跑。幸运的是，他们总算跑完了，不多不少，刚好十圈。

2

军训过后。

在教室里坐着的苏珊心里一直有个问号，平凡为什么会帮我？

平凡刚好从苏珊的身边经过。

苏珊什么都顾不了，好奇地问："平凡，你为什么会帮我？"

平凡笑了笑说："因为你有个性。"

苏珊无言以对，心想：原来这就是你帮我的理由啊！

他们就这样结束了话题。

其实呢，平凡是喜欢苏珊。他觉得苏珊是个很不错的女生，跟其他女生不一样。

终于有一天，他们之间的故事正式开始了。

大学社团活动招新，苏珊和平凡机缘巧合在同一个社团，成了学校里的广播电台新成员。

他们在广播电台新成员见面那天，气氛有些尴尬。

平凡打破了僵局，对苏珊说："好巧啊，我们都在广播电台。"

苏珊会意一笑，是啊，好巧。

苏珊说着，她心里暗骂自己是个傻瓜，平时在社交网络上不知道可以撩死多少美男子，谁知道跟平凡聊天，苏珊差点儿说话结巴了。

听过一句话，在喜欢的人面前说话，无话不说的自己会词穷，想不到要说什么，反正 ta 对自己说什么都感觉很暖心。

他们开始聊天，从大学军训聊到社团，吐槽军训的苦及社团活动的新鲜事。

不知道谁先开口聊到情感。

"你单身吗？"

"单身啊！"

平凡深情地跟苏珊说，我挺喜欢你这样的女生，直爽，够个性。

顿时，苏珊的脸"唰"的一下红了起来。从小到大，她没遇到一个男生对她说这样的话。

苏珊笑了笑没说话，假装镇定地对平凡说："不要乱说话。"

但第一次有男生跟她这样说话，苏珊心里那个小鹿乱撞，把平凡说的话放在心上了。

3

在学校广播站，平凡负责写稿，苏珊负责广播。时间久了，苏珊觉得平凡这家伙挺有才华的，会写一手好文章。广播站里还有读者私信打听写文章的作者是谁。

苏珊和平凡经常在QQ互动，聊到即将到来的光棍节。

平凡叹气说："今年又要过光棍节。"

那时，苏珊莫名其妙地说了句："其实你可以不过的。"

平凡秒回了一句，找你过吗？

有时候爱情来得就像龙卷风一样，让人毫无防备。讲到这，他们两个人对对方都有好感，于是，他们在一起了。

苏珊跟我说，平凡对她很好，因为苏珊在他面前提过一次的事，他都会记得。

我羡慕苏珊的爱情，我想到高中追了一个女生两年都追不到手，我心酸。

苏珊快笑出了眼泪，跟我说："是你套路不够深。"

其实我心底最深处明白，我喜欢的人对我没感觉，我再怎么努力都是徒劳的。

苏珊和平凡幸福地拍拖着。

他们在一起的时候，平凡有一次拿糖果给苏珊吃，苏珊说不喜欢吃其他糖果了，只喜欢吃阿尔卑斯糖。

从那以后，苏珊的课桌里永远都有一堆阿尔卑斯糖，都是平凡送给苏珊的。

苏珊很幸福，苏珊有个贴心的男朋友，爱她体贴她，也许就够了。

4

后来，苏珊有一个问题一直在困扰着她。平凡说不能让别人知道他们在恋爱，所以除了我这个特别好的朋友，没有人知道他们在一起。

我一本正经地跟苏珊说："他那样做，我怕你只是当了他的备胎。"

苏珊就向我吐了舌头：他才不是那样的人，他是真心爱我的。

我没扯，我祝愿苏珊他们是真心幸福相爱的。

5

苏珊和平凡在一起有三个月，苏珊在学校却听到平凡在追求其他女生。

苏珊开始不理智,因此她和平凡吵了几天架。平凡说苏珊不信任他,苏珊说无风不起浪。

有一天晚上吵得很凶,苏珊很难过,第二天早上苏珊上课在看手机,看他们吵架的聊天记录。

苏珊这时候看得着迷,她完全没感觉到老师来了。苏珊手机就被没收了,老师看了她手机,自然就发现苏珊和平凡的事了。

我一直都觉得大学是自由的,可以谈恋爱。上课玩手机被老师看见顶多是说几句或没收手机。

苏珊万万没想到,老师比较传统,上课杜绝玩手机,还认为大学是不能谈恋爱的,要以学业为重,所以打电话叫了家长。

苏珊害怕了,她没敢跟爸妈说,就偷偷告诉她叔叔说:"我手机不小心被老师没收啦,老师要叫家长拿手机,叔叔帮忙一下。"

苏珊的叔叔去了教务处,老师告诉苏珊叔叔,苏珊在谈恋爱。

苏珊叔叔从办公室出来,问苏珊怎么回事儿。

机智的苏珊说,老师看到我的手机聊天,以为我谈恋爱了,其实是有个男生对我恶搞,非要我当他的女朋友。

苏珊叔叔信了苏珊的话,分别的时候嘱咐苏珊不要在校园谈恋爱,学好知识,将来找个好单位。

苏珊点了点头说:"哦,知道了。"

苏珊心里觉得对不起她叔叔,加上传言的事情,苏珊就和平凡冷战。

平凡找苏珊聊天，她也不理，苏珊回消息最多重复两个字：我烦。

我劝苏珊，情侣之间不要冷战啊，时间久了关系就淡了。

苏珊没有听我的话，继续冷战。

终于有一天，平凡受不了了，问苏珊到底想干吗，苏珊说不干吗，就是不想理平凡。

平凡说，长痛不如短痛，我们分手吧。

苏珊斗气，好，分就分。

后来，他们真的分手了。

那个说平凡在追求女生的传闻其实是误传，真相是有个条件优越的女孩子追平凡，但平凡拒绝了，他说有女朋友了，那个女朋友就是苏珊。

其实当苏珊知道真相的时候，她肠子都悔青了，她没想到事情是那样。苏珊去挽留，但平凡说不爱了，情人之间没有了信任。

苏珊心痛了，她没珍惜，失去了一个疼爱她的男生。

苏珊为爱情哭泣时写了一句话：

我们不爱了，我也该放手了，我不想活在你的回忆里。你不爱了，也请远离我。再见，我的爱情，好聚好散。

那是我们回不去的爱情

我一直觉得爱一个人就要全力以赴地投入，互相厮守一生。
可有些爱情，一旦错过了就再也回不去，回不去了。

1

雅淇结婚那天，她哭了。我为她梳理头发，心疼她："你怎么了？结婚那么喜庆的日子，你该高兴啊！"

雅淇一直在流泪，脸红通通的，快肿成一片了，她忍不住和我说，她想起他了。

雅淇说的那个他是雅淇的初恋男友默万。

雅淇认识默万那年，雅淇刚上大学。那时，雅淇跟我说有个男孩追她，一直对她死缠滥打，那个男孩就是默万。

默万在雅淇念的大学饭店当厨师，我听雅淇提起过，雅淇每次到饭店吃饭，默万总会给雅淇分很多饭菜，一直对雅淇眉开眼笑。

我对雅淇说："有个男生追你，你应该觉得幸福，起码你知道有人喜欢你。"

雅淇委屈地跟我说，可我不喜欢他啊。我对他没有感觉，更何况我们都不一样，我还在上学，他都已经工作了。

我是个拜金女，吸了口万宝路，笑嘻嘻地对雅淇说："他有钱就行，他可以养你啊！"

雅淇骂我浑蛋，说我就只知道钱。

我尴尬，却天真地对雅淇说，我就喜欢钻石王老五。

雅淇没再说什么话了，埋头看书。

大学过了两个月，雅淇变化好大。以前我们是宅女，待在宿舍看电视，玩游戏，现在的她开始淡妆浓抹经常外出了。

有天我忍不住问雅淇："你是在忙着兼职吗？我看你最近挺忙碌的。"

雅淇哈哈大笑起来说："不是，我拍拖了，忙着约会。"

后来我才知道，雅淇和默万在一起了。

2

他们的恋情让我明白一个道理：喜欢一个人就要死缠滥打，要追就穷追，拼命追。

雅淇没有忘记我这好姐妹，雅淇带她的男朋友见我，我坑了他们一笔，叫他们请我吃麻辣小龙虾。

默万看起来像个小混混，不过他豪爽，一直对我们说：你们要点什么随便点，我买单。

我想起雅淇，雅淇是个比我好看的女生，温柔体贴。我真想不出雅淇是怎么被默万追到手的。

我们在桌上喝着啤酒，酒劲还没到，我仰起头问默万，你到底怎样追到我家淇淇的？

默万突然牵起雅淇的小手,我追她是我喜欢她,她是我想要的幸福。

我默默吃了一顿狗粮。回到寝室的时候,雅淇才如实告诉我:其实他追我很久,我慢慢了解了他,我知道他是爱我的。

"不管你如何决定,我真心祝愿你是幸福的。"我真心地对雅淇说。

雅淇幸福笑着,那一刻她早已沉浸在爱情的甜蜜当中。

3

他们在一起一年。默万带着雅淇去了宾馆,一开始,雅淇是拒绝那种事的,可相处久了,雅淇发现自己也慢慢喜欢上了默万。在默万的甜言蜜语下,雅淇被说服了。雅淇永远记得那个夜晚,她的第一次给了默万。

之后,他们的爱情很幸福。雅淇忙着恋爱,很少搭理我,只是叫我好好找个人恋爱,追求自己的幸福生活。

恋爱后,雅淇常到默万工作的饭店里吃饭,他给她做很多好吃的。

默万一本正经地对雅淇说:"你只负责吃,我负责用心给你下厨。"

雅淇感动得差点儿热泪盈眶,她知道眼前的男人是多么爱她。

突然有一天,发生了一件很不幸的事。

因为饭店后厨着火,默万小腿受了伤,要住院。默万的妈妈从老家赶了过来,和雅淇一起照顾默万。

在医院，默万的妈妈挽着雅淇的小手，温柔体贴地说："妈知道你是万万的女朋友。万万是个上进的孩子，家里全靠他的经济收入……"

默万的妈妈突然从口袋里掏出一个精致的绿色镯子，对雅淇说："妈把它送给你，希望你可以和万万一直相爱下去。"

雅淇一开始不打算要，拗不过默万的妈妈，雅淇才接受了绿镯子。

躺在病床上的默万告诉雅淇，那绿镯子是他妈妈出嫁时的嫁妆。

雅淇明白，默万的妈妈把她当儿媳妇了，这点让她满意。

默万的病情慢慢好转起来，不久出院了。

默万继续回到他的工作岗位上。

雅淇在校外找到了实习单位，和她的专业对口，从事财务工作。

雅淇告诉默万自己要离开他一段时间，叫默万要好好照顾自己，不要太想她。

默万点头，搂着雅淇："放心吧，我不会的，我是爱你的。"

就这样，雅淇去了广州，默万留在了广西。

年轻人毕竟是年轻人啊，情人不在身边总耐不住寂寞，默万出轨了。

在广西，有个女孩子喜欢默万，于是他们……

雅淇实习回到了广西，雅淇发现默万有些不对劲，总觉得怪怪的。

雅淇发现了默万的问题，看到了默万手机里极其暧昧的短信。

默万瞒不过雅淇,他只能坦白,他和一个喜欢他的女生上了床。雅淇的爱情让我感动,她最终选择原谅了默万。

4

大三那年。

默万的妈妈因为癌症晚期,走了。

默万妈妈住院的那段时间,雅淇心里太没有安全感,常和默万吵架,默万也没有把妈妈住院的事告诉她,一方面他不想耽误雅淇学习,另一方面他不是一个会把自己的事说出来让人担心的人。

默万也知道雅淇不是在无理取闹,雅淇还在记着他出轨的事。这些年,雅淇表面说原谅,可心结难解。

很久以后,雅淇才知道默万妈妈的事。默万妈妈送她的绿镯子,有次不小心被她弄碎了。为了纪念,雅淇后来自己买了一个相似的镯子。

雅淇戴着绿镯子走到默万身边:我们不吵架了,我们一直要好好的。

他们和好了,幸福着。

雅淇大学毕业了。

雅淇毕业后的两年时间里,她身边朋友结婚了,她在男友身上看不到希望。

雅淇之前一直抱着美好的憧憬对默万说:"等毕业,我们就结婚吧。"

默万一直在拖，说不想那么早结婚。

默万这两年开始变懒了，辞掉了工作，无所事事，吸烟、喝酒、打牌。

雅淇想结婚了，她工作累了。她通过同城交友群，微信摇一摇想认识一些靠得住的人。

可那些男人没几个靠谱的，雅淇太容易相信人。后来，雅淇被一个看似老实的人骗财骗色。

雅淇这次累垮了，生了重病。

雅淇坐车到默万那里的时候，哭了。默万什么话都没有说，只是抱着她。对她说："对不起，是我没有照顾好你，上天惩罚我了。"

默万把雅淇送进了医院。

生病期间，默万一直照顾雅淇，默万把积蓄都用来给她治病了，另外晚上还去酒吧兼职服务员。

通过这件事，他们之间的关系好转了很多，只是他们再也回不去了。

5

雅淇病好以后，回到工作正轨，她还是觉得，她想结婚了。她把目标锁定在身边一个同事身上。默万去雅淇工作的地方看她，雅淇不耐烦地说："你别过来，你过来住哪儿？又想开房是吧？外面开房贵得要死，我累了，想安定了，你懂不懂？"

默万只能选择离开。

后来，他们分手了。

雅淇删除了默万所有的联系方式，在单位待了一年，后来，雅淇选择了她的同事，到民政局登记了结婚。

我问雅淇为什么不继续和默万发展下去。她说，默万家里什么都没有，爸爸不务正业，妈妈也不在了。他也一直不好好工作，就知道抽烟、喝酒、开房，他没有想要结婚的打算，就算很照顾我也没用啊。现在和我在一起的同事，起码有房有车，能给我一个想要的家。

雅淇接着说，我一直觉得，面包会有的，默万有潜力，相信他会给我想要的生活。所以跟他在一起的时候，我父母反对，我为了他都和父母翻脸了，可他给我带来了什么？什么都没有。

6

雅淇跟她的同事结婚了。雅淇结婚那天，她哭了，雅淇为了纪念前男友妈妈，她戴上绿镯子，想起默万，想起他慈祥和蔼的妈妈。

她知道那些时光再也回不去了，她现在只努力幸福地生活。

雅淇结婚第二年，默万也结婚了。我听说，和默万结婚的那个新娘是他出轨的女生。

故事的最后我哭了。

我希望有个真心爱我的疼我的人，我想和我爱的人在一起，有钱没钱不重要，重要的是全心全意喜欢我，爱我，一直陪伴到老。

第二辑

你的爱在我千里之外

我爱你的方式，就是离开你

如果你太爱一个人，你会离开他。

不是不爱，而是选择放手，让他更好地遇见能给他幸福的那个人。

1

如果爱情可以让你感觉幸福、快乐，即使两个人最后走不到一起，你也应该感激它。毕竟，回忆是美好的，好的爱情，就是遇见你。我爱你的方式，就是离开你。

2

我在好友圈图文并茂发表了这么一个动态：你的故事可以告诉我吗？我在等，我在听。插图是我的一张个人黑白照片。当时我只是无聊，主要是看有没有人主动私信和我聊天。

果然，有人主动找了我。找我的人是个女生，她叫美瑾，一个阳光开朗的女生。

3

美瑾是我大一外出高校联谊时认识的一位朋友，会计专业。那时，我刚到美瑾学校的时候，她很热情地招待了我和一帮师弟师妹。我们在一家贡茶店喝东西、玩游戏，顺便商讨有关联谊的策划活动。我们相谈甚欢，那次是我们的第一次见面。我想这种感觉大概就是一见如故吧。

美瑾在奶茶店给我讲了一些她学校的文化背景，令我印象最深刻的是美瑾说她学校里的男女比例严重不平衡（十个学生里，有七个女生，三个男生）。我可以想象美瑾学校上学时的场景：两三个男生走在校道上，被成群结队的女生包围着。美瑾念的学校是以金融经济类为主打专业的，女生居多。当时我在想，在这里读书的男生真的好幸福。

喝完奶茶，美瑾带着我们在她的学校逛，介绍这是哪那是哪。大概二十多分钟，她带我们走遍了整个学校。我心疼地问她累吗？要不要歇歇，她只是开怀大笑着说不累，这都不算事。

后来我才知道，美瑾在学校的运动田径场夜跑锻炼。由此看来，美瑾是有练过的。那次相聚，我们恋恋不舍地告别。

一个月后，我骑着自行车路过她学校，不小心在校门口遇到了美瑾。

捧着好几本书的美瑾说最近一直在忙。忙着学习，考证，兼职，有时还要顾及大学社团活动。

总之，我觉得在大学忙是一种常态，它可以让你的大学生活更充实与丰富。

我们在校门口挥手告别的时候，美瑾不忘对我说，有机会再一起玩。

这一告别，我们失去联系好久。

4

网络上有句流传比较经典的话:你主动点儿,我们孩子都有了。

我发现我确实是个不怎么主动的人。别人不找我,我也不主动联系别人。真的,我很懒,懒到不想下床去饭堂吃饭,干脆 APP 软件下单叫外卖。

美瑾微信找我的时候,我暗自在心里想了一下,我们有一个学期没有见过面了,微信记录也是停留在我们初加好友时的聊天内容。这让我忧伤。

5

"你想听什么故事,我刚失恋。"美瑾在微信上说道。

当时看到美瑾信息的时候,我是惊讶的。美瑾什么时候拍拖了,我居然不知道。

我秒回,不会吧?

"是的。但是,我们并不是不爱对方。而是觉得,相处了半年,才觉得我们不适合。"

我安慰美瑾,没事,你未来会遇到更优秀更爱你包容你的他。其实我当时的潜台词是想告诉她,你要坚强,没什么过不去的。

我对美瑾说:"两个人在一起重要的是合适,互相吸引与喜欢。"那瞬间,我感觉我爱过一样,尽管我没有爱过。

"那为什么分手了?"我好奇问道。

美瑾说:我们的想法不同,朋友不同,生活习惯不同。我们都乐观，都喜欢说些搞笑的话来逗对方开心。

最后，他说，他觉得他配不上我。我觉得是我们不适合。

我是真的很认真的人，我不想盲目地谈恋爱，我想让这份感情长久，而他，他说他的心还没有定，他想玩，他说怕最后伤害了我，所以，他才不想继续下去，其实我觉得他也是很爱我的。

我们有很多共同话题，为彼此担心，其实，分手后我还是想去关心他，只是他的态度告诉我，他不想接受这样（我还这么关心他，他可能觉得愧疚吧），所以，我没有去关心他了。

为了劝美瑾，我安慰她，不要想太多了，好好把握现在吧，等回家带她去海边走走散散心。

忘了说，我和美瑾是老乡，只是我们在家时间不一样，所以很少有时间在一起玩。

美瑾继续说："我是真的很爱他。只是，我觉得离开，他可以找到更适合他的那个人。所以我爱他的方式是，离开他。"

你知道吗？当美瑾说出那句话来的时候，我很感动。我不由叹服美瑾为爱情做出的牺牲。像美瑾这样的人真的很少有了。我在心底不由感叹美瑾特别伟大。

我给美瑾打气：那你把自己变得更优秀吧，好好充电，只为遇见未来更好的那个人。

美瑾赞同，然后往下接着说：当时，我想我们以后还会遇见，我有点儿担心再次遇见他，所有的记忆会涌上心头吧。现在，他已经不会出现在我面前了，我也不会找他了。但是，回忆是美好的，有一种熟悉而又陌生的感觉。

我对美瑾说:"毕竟你们真的相爱过,彼此有付出去经营这段感情。爱情很简单,在一起时就好好地爱,分开时,要更好地过好自己的生活。"

美瑾比我想象中还要勇敢坚强。

她没有哭,没有闹,她抱着希望出发,在以后的日子,一个人也过得很好,努力充实自己的大学生活,给自己充电,变成优秀更好的人。

像美瑾说的:我会慢慢等我的真爱出现,不管他在哪,反正,我在等他。我知道,他也在等我。

我知道,美瑾有天会遇到她生命中那个对的人,他可以保护她,守护她,照顾她。

如果你太爱一个人,你离开他,不是不爱,而是选择放手,让他更好地遇见能给他幸福的那个人。

太过爱你。

我爱你的方式,就是离开你。

上天没有辜负世间的好姑娘。美瑾还是遇见了她的真命天子。他们相爱了,她遇到了期待的真爱。

我知道,所有美好的爱情都应期待。

我爱你的方式,就是离开你。离开后,我们将来得及和未来的人相爱。

我不说,因为我真的好喜欢你

爱情是人类最复杂的东西。好的时候,它让人沉醉,坏的时候,它让人颓废。
如果你喜欢一个人,却没有告诉她,你的心情如何。
其实我清楚。
我不说,因为我真的好喜欢你。

1

廖威是我的大学室友,高大且肥胖。他为人正直,乐观开朗。

廖威在宿舍我们都管他叫胖子。胖子的爱好广泛,踢球看球说球,样样精通。他有个特别的爱好就是看时事政治。我们回到宿舍,一听到有台湾腔激论的声音,就知道是胖子在电脑前聚精会神看时评了。

前不久,乐观开朗的胖子居然闷闷不乐。我猜不透,问他怎么了?他没说话,只是在阳台上吸着烟,吸了一口又一口。

胖子之前是个老烟民,上学期胖子跟我说他要把烟戒了,说长期抽烟对身体不好,危害健康。确实,吸烟对人的身体没多大益处。他戒了。没想到,这学期他烟瘾犯了。

"怎么突然间就吸起烟了,你之前不是把烟戒掉了吗?"我按捺不住好奇心问了胖子。

　　胖子吐着烟圈，望了一下远方的公寓灯火，回头看了我一眼，说，心瘾。

　　"看来你是有故事的胖子。"

　　"你有烟，可以和我谈谈吗？"我继续说。

　　胖子没有上我当，他还是不太愿意将他的心瘾是什么告诉我。

　　后来，饭局解答了我们所有的问题。

2

　　我和胖子来到学校附近的华里街，华里街这里是烧烤扎啤一条街，人来人往，热闹喧嚣。我们找了一家小店坐下，点了吃的喝的。于是，我们聊了起来。

　　就这样，故事开始了。

　　胖子对我说："我的心瘾就是喜欢上了一个女同学。"

　　"喜欢一个人不是一件很美好的事吗？"我兴奋地对胖子说。

　　胖子哀愁地说，可我觉得自己配不上她。

　　原来。

　　沈怡就是胖子所说的心瘾。

　　沈怡读幼师专业，乖乖女，偶尔泼辣，是个有想法的女生。沈怡是个富二代，胖子家境属于中低层那种。沈怡没有什么公主病，这点胖子他很喜欢。

　　胖子说不知道从什么时候喜欢上了沈怡，但感觉就是很奇怪。

当你喜欢一个人，你会发现，你的脑海里想的全是她的身影。哪怕一个人走到街道上，都会情不自禁地想起她。

"喜欢她，跟她表白不就好了吗？多么简单的事！"我吃着烤翅追问胖子。

胖子说，你以为我不想吗？我还没有足够的勇气去开口。她是一个好女孩，我不想辜负她。

你知道吗？

爱是一种责任，一旦开了口，必须负责到底。

"我现在还没有什么资本，我该拿什么给她幸福……"

说到这里，我突然想起一年前一位老同学给我送的一本书，书里内容大概讲的是人与人之间关系如何处理，如何调控好自己的情绪。

我喜欢书里说过的这么一段话：我们做的每一件事，其实没有一件不是为了自己。如果承认这点，就为自己所有的行为负起责任，同时，不要因为得不到感激而失望。

原来，爱确实是一种责任。

"既然你不想告诉她，那只能留下你一个人颓废。你忘不了她，她就是你内心的心瘾。心瘾只有把它解开了，心里才会好受。"我一本正经地对胖子说。

胖子痛快畅饮了一瓶啤酒，抽了口烟。

胖子说，因为她长得很漂亮，人又好，家境也好。她说过，她希望自己以后的那个人有一米八高，帅帅的且强壮。而我，外在的东西我没有，内在的东西我也不多，甚至也没有。我觉得自己没有任何一点是可以配得上她的,牵着她的手的不应该是我,而是一个很优秀的人。我是真的真的喜欢上了她,所以有些话应该让它烂在心里。

3

胖子意味深长这么说,我想起了那些年我暗恋过的那个女孩子。

我在豆瓣日记提起过,一个相识十年的朋友,我喜欢她。我胆怯,这么多年过去了,我始终没有表露我喜欢她。

我很幼稚地以为,辛苦经营多年的友情是要巩固的,千万不要跨越爱情。一旦迷失了,最初的友情是找不回来的。

当然我是后悔的。我年少时暗恋的女生现在生活得很好。实习,工作,读书,交了男朋友,去旅行。只是到现在,她还不知道我喜欢过她。

我唯有祝福,成全,不再打扰。

4

在这里我引用自己说过的一句话:喜欢一个人就勇敢表白吧,不用等,不要拖,表白了再说。

人生没有胆怯的爱情,只有勇敢地示爱。不管成功或失败,试过了就好。

胖子,我愿意化成一道光,照亮你,给你勇敢,给你力量。

努力一点儿,爱情不设限。

不要让自己后悔,为爱去疯狂吧!

那么简单的一句话:

  我喜欢你,我爱你。

5

大学毕业后。

胖子还是没有开口说出那句"我喜欢你,我爱你"。

我有时候想起,胖子在爱情面前选择了做胆小鬼,沉默。

我知道总有一天,胖子会对喜欢的女生说:

  我爱你,当我的女朋友好吗?

我想，不爱你的人就别纠缠了

我知道你喜欢他，你爱他。
你花了所有的心思与力气付出只是为了证明你真的喜欢他爱他。
如果他真的喜欢你爱你，即使你不说话，他也可以感觉到你喜欢他。
姑娘，别傻了。
我想，不爱你的人就别纠缠了。

1

何晴是我一位师妹，会计专业。在一次刷朋友圈的时候，我不小心发现了她的故事。

何晴长得眉目清澈，是个比较秀气的女生。坐在咖啡厅里，你都可以感觉到她有股文艺范儿。

何晴喜欢一个人坐在咖啡厅，看着书，有时安静听音乐，她说特别享受这一刻的静谧与舒适。

在此之前，我还没真正认识她时，我听何晴提起过她的高中。高中的时候，何晴喜欢在学校参加各式各样的文艺活动，她说不甘于平凡的校园生活，唯有校园活动可以充实自己。

上了大学，何晴还是和之前一样，喜欢充实自己。除了学校社团活动，何晴还忙着上英语培训班，备考英语四级，又专心在网络上自学会计专业知识，想年底考出会计从业资格证。

我问何晴，你不累吗？

何晴说，心肯定是累的。但我对自己要求比较苛刻，希望考证一次过。

2

后来，何晴困惑了。

何晴没想到，她遇上了一个又爱又无奈的人。

友恒是何晴喜欢的男生。外形很普通，但有才华。友恒读城建专业，大二。系学院学生会主席，组织能力强，说话幽默风趣。因此，他的人缘很不错。

何晴忘记自己什么时候喜欢上了友恒。何晴说，我跟他表白了两次，他都拒绝了我。

我总制造机会想和他待在一起，但他始终不搭理我。我还上学校官方的公众号表白墙，留言，树洞。我这么做，只想告诉他，我喜欢他，我爱他。

我想起我身边有个男同学，也是和何晴一样，喜欢上了一个人，也是敢于尝试表白，女孩子拒绝了他，他也不死心，继续追，可以说是死缠滥打，一追就追了两年，但女孩子到最后还是没有因为他的行为而喜欢上他。

后来他放弃了，原来浪荡的他开始用功读书，考取大学。直到收到大学录取通知书，他难过地听说那些年用心追求的女孩和另一个男孩恋爱了。

我想我身边的那男同学很忧伤吧,他用心追的女孩没能和自己走在一起,反而和别人恋爱了。

我想,那是多么黯淡的岁月,不禁感叹这份心痛,爱情是如此无可奈何。

后来,我问何晴,你这么用心努力去追他,他怎么没有接受你?

何晴说,他或许面对情感比较腼腆害羞吧,不知道怎么办。我还想说,即使他即将离校实习,我对他的爱也依然不放弃。

3

我看过一部电影《其实他没那么喜欢你》,有句台词说:如果一个男人表面对你不怎么在乎,他就真的不在乎你,没有例外。但是相信真正喜欢你的人一定不会让你费尽周折去找他,因为他会主动送上门来。

其实,爱情有时真的很简单。喜欢就是喜欢,不喜欢就是不喜欢。你勉强,也没有多大用处。

爱情好比一场修行。修行需要的是两个人在一起,少了任何一方都不可以。

4

我不知道何晴最后的决定是什么,是继续为爱追求,还是选择放弃。

后来，听说何晴还是把自己的个人情感暂时缓了下来，准备好好复习考证。

最后我想说：

把爱情放下，投注到自己身上。把目光放长远，把爱情留待未来愿意为你去付出关爱的那个人。

有些人，你不必等。如果等，就等那个支持、包容、理解、关怀自己的人。我想，这就足够了，满足了。

写给走在向往爱情路上的人的两句话：

不爱你的人，就别再纠缠了。

一个人，一样可以好好的。

高中生的分手日记

在写字之前，我和初恋分开两年多了，没有了联系。
听说，我们生活在同一座城市里，我们却始终没相遇过。

1

2014年2月26日，我向世界宣布，我恋爱了。

我的初恋比我低一届。她高二，我高三。这一年，我们在一起了。

我们的故事最初是停留在QQ聊天上。现实中，我们在一年前就认识了。那时候，我和虹之间没有什么话说，每次相遇，只是彼此打个招呼，然后匆匆告别。

直到2月25日晚上，虹主动在QQ上找我聊天。她被闺蜜耍了，每次都是她一个人无奈地等她的闺蜜。

我们一直在QQ上聊着，记不清楚是在哪个时刻，我们聊到情感上。

虹问我，你女朋友呢？

我说："我没有女朋友，我身边的朋友都以为我有对象了。"

虹说："如果两个人在一起，有什么事都可以互相倾诉。"

虹说："再这样子说下去，我们就要在一起了。"

我毫不犹豫地说："嗯，那我们试试喽？"

结果，我没想到虹答应了。

说句心里话，当我提出交往的时候，并不是一时头脑发热，随便说说。我是认真地从心底发出的声音。毕竟，虹是我朋友的闺蜜，多多少少，我有些了解。

从那晚上开始，我兴奋地睡不着觉。宿舍的人说我思春，更是缺爱，我置之不理。

第二天一大早，我来到学校。

早读，一个人疯狂读英语。同桌高水说我反常，以前的我不是这样子的。

同桌高水是我的心腹。我如实告诉他，我恋爱了。

高水目瞪口呆，难以置信。当时我们说好了，我们不谈情说爱，不甜言蜜语，永远当快乐自由的单身贵族。

后来，我走出单身贵族状态，谈了恋爱。

同桌高水衷心地祝福我说，晖哥的春天来了。

我拍打他的肩，嘻嘻哈哈地说，你也可以遇到你的那个人。

早上，我在课堂上着课，我的心已经在莫名其妙地想念虹。

感觉是个美妙的东西。于是，我迫不及待给虹发了条手机短信。

我说，放学后，我在升国旗那等你。

短信发出去以后，虹一直都没回复我的短信。

等到放学，我给虹打电话。她的手机处于暂时无法接通的状态。

我在安慰自己，我在想，虹有特殊的事在忙吧？没有关系，等下次。

午休。

虹来短信了。

虹说，我放学的时候看升红旗那里太阳比较晒，我就走出学校门口等你。打电话你不接，我以为你有事要忙。真是不好意思。

我说，没事的啦，别放在心上。下午再见。我有礼物给你。

虹说，嗯！我先睡了，再见。

最后我说了一句午安。

下午放学，我终于遇见了虹。

我们第一次约会，没有我想象中的尴尬。一切是那么随意，这感觉真好。我买了一份礼物递给虹，她欣喜地说了声谢谢，我们一起到学校附近快餐店吃饭。

往后的日子，我和虹相处得很和谐。白天一起出去吃饭，晚上来场小约会。

我们在一起的时光很开心。有说有笑，有时候一天打几个电话，互相频繁发短信。

在这里，我要检讨自己。由于第一次拍拖的缘故，我没有什么经验，不到一天的时间，我大胆地牵起了她的手。

我以为自己的勇气会给对方带来所谓的安全感。结果，适得其反。我搂着虹的腰，却不知道她不喜欢。我义无反顾搂着她，想给她制造所谓的安全感。结果，在虹眼里，我成了一个地痞猥琐男。

突然某一天，我们的矛盾还是爆发了。

那天晚上，我和虹在篮球场上聊得很不愉快。我们闷闷不乐地走在街头。

逛完街，我送她回到了出租屋楼下。我看到虹不开心，便嘻嘻哈哈安慰她一句：别这样，笑一个嘛！

随后，虹笑了，笑得很甜美，她是发自内心地笑。可我是疯子，我竟对虹说了一句，你别装了！

虹关上了出租屋的门，我没有和以往一样说恋恋不舍的话，自己心情闷闷地离开那出租屋巷口。

回去以后。

我打开 QQ 社交应用的时候，她在线了。

我想跟虹道歉，当我发出一句，今晚睡得着吗？

虹一下子给我回复，我们好好谈谈好吗？

道歉的话，我放了下来。

我说，可以啊！

虹说，经过今晚，我已经确定我们真的不合适。

我焦灼道："有什么事不能好好解决一下，非要分开。"

虹说，这不是解不解决的问题，是我真的没有那种感觉。也许是我不成熟吧！一时的冲动伤了你，对此我很抱歉。我们之间存在太多的差距！分手好吗？我也不是你想的类型。

"这是你的心里话？"

"是的。"

我祈求着说，别这样好吗？是我哪里做得不够好吗？我可以改啊！

我怎么挽留都没有用了，道歉的话哽在喉中，想道歉打个电话都没有了勇气。

我记得虹说过，希望我们的恋爱是场不分手的恋爱。

好天真，没想到虹最先提出了分手。

我们聊天聊得太不愉快了，大家都有抵触情绪。

最后的结果已不能更改，成了定局。

我们分手了。

三月三号的晚上，我彻夜难眠。

第二天一早，在教室上课。我闷得慌，胸口一直堵得难受。

我开始逃课，放松，去解放。

我匆匆地从学校附近的快餐店往农业银行的方向赶去。我在那取好了钱，直奔公园KTV。

是的，我决定约朋友们一起唱歌来宣泄我这失恋者的心情。

在KTV，我们尽情唱着歌，那感觉比躲在厕所唱情歌好多了。

两个小时过去了，朋友们要离开了。他们要去上学了。于是，只留下我一个人在KTV，疯狂点歌演完续集。

在这里，感谢那天陪我一起唱歌的朋友们。如果没有他们，我的心情会很糟糕、沉闷。

我们分开的日子，我的内心特别矛盾。坐在教室，我总会莫名其妙想她，想我们在一起的时光。

听到一些事，明明不相干的，也会在心中拐好几个弯，想到她。

我曾自信满满地告诉自己：没有了虹，我的生活依旧过得精彩，照样能度过每一天。

可我骗不了自己。

我在等，我在等待手机熟悉的铃声响起，我在等一条简单的短信。

原来，我想她了。

我是个念旧的人。时光抵不过思念。趁我现在心还没有死去，我决定发条短信给虹。

我打开手机，连续发了三条短信：

"说句心里话，分开这两天，我想你了，我内心如此强烈地想你。我感觉我们不是短短相处了几天，从我们交往开始，你就住进我心里了。分开的日子，我总是对自己说别想你。可我做不到。为此，我还把自己空间关了，把手机QQ删了。以为自己会有很大勇气忘了你，但我做不到。想打电话，看着你的名字，久久不敢按拨号键。我害怕打电话过去，会造成你的伤心难过。对不起！给一次机会，我们重新开始好吗？"

"我真的想你了，我的世界不能没有你的存在。"

"如果你发自内心还在乎我们这段感情的话，放学后，你打个电话或发个短信给我，好吗？"

短信发出去以后，我抱着一丝希望等待虹的回复。

结果，我很失望。虹依旧没理睬我，我的手机没有任何音信。

人脸皮厚就是犯贱。我什么面子都不要了，我带着复杂的心情拨打虹的电话。

不一会儿，电话接通了。我很期待虹的声音，结果，接通电话后不是她，而是她闺蜜。

她的闺蜜说，她去冲凉了，等她冲完凉我叫她回复你。

我闷闷答道，嗯。

半小时后，我的手机铃声没有响起，短信却震动了。

虹来短信说："还有什么事吗？我们之间不是说清楚了吗？你这样子让我该怎么办？现在我都有恐惧感了！出门要思考才敢出！这样不好吗？你现在好好学习，不要想着这些了！我或许真不值得你伤心，你这样我也愧疚。我也想你现在能拼搏一个好的大学，一个好的未来。不要再想拍拖了！你现在应该收起这些情绪，好好读书吧！我祝福你！"

我掩饰不了我对虹的情意，我毫不犹豫回复道："我对你动心了。我承认之前是我做得不对。在此，我深感抱歉。我以为那样会让你有所谓的安全感，结果都错了。我现在也不知道怎么回事，老是想你今天过得怎样，明天过得怎样。没有你，我现在是心乱如麻，空荡荡。我会好好学习，我们就真的没有一丝希望吗？告别明天，重新开始好吗？真的，你知道的，我很需要你！"

虹说，你是一个即将毕业的高中生，不应该再想爱情这种东西，我也不想你因为爱情失去人生拼搏的好时机。

我说，只有有你，我学习才有动力。最近，我真的比以前努力多了，上课都比以前有精神。别离开我，好吗？

虹决心说，我现在只能以朋友的身份支持你。

我说，听到你给的答复，我感觉很失落。但够了，我也不再奢求什么了。谢谢你，你是第一个让我认真爱过的人。再见，我的初恋。

虹最后说，希望你能振作起来，我很愧疚，但是我还是想说你是一个很好的人，希望你能有一个好的前途与未来，再见，希望下次见你的时候你仍是我曾见过的阳光男孩！

也许，这就够了。我们谁也不亏欠谁，我们宣告和平分手。

我们高调开始恋爱，也在高调短暂的甜蜜中遗憾谢幕。

我很久都没有听到身边朋友失恋拍拖的消息了。现在的我经历一段感情后才发现，自己真的是一夜长大了。

对于爱情观，或是其他的人生观价值观都开始有了全新的看法。

2

我失恋的消息就像明星闹绯闻一样，在学校110宿舍一下子沸沸扬扬地传开了。这也难怪，谁叫我刚开始恋爱的时候就高调炫耀。现在失恋也不是什么新鲜事了，他们只是好奇，好奇我这段感情经历怎么处得那么短暂，我敷衍他们说两个人和不来，处不下去就分了呗。

110宿舍是我在永源高中解不开的情缘，我从高一开始居住到现在。在那个宿舍，我见过形形色色的人。高水是个话唠，晴明是个烂赌鬼，华昌是个大吃货，荣福是个小说迷。好吧，在这里，我要公开说明一点。在我就读的永源高中，学校一般宿舍都是住8人至

12人。就我们110宿舍特殊，才住5个人。当然，我们是交了高价费才拥有这么好的待遇。

我失恋的时候就是找我宿舍那班人上公园KTV唱歌的。现在可好了，他们把我失恋这件事当热点新闻讨论。

高水说，晖哥最近心情沉重啊，最喜欢上的历史课也不认真听了，就看着窗外发呆。一直说学习学习，学到最后都往桌上趴下睡着了。人生啊！爱情啊！高水是个高个儿微胖的男生，功课好，就是话比较多些。

华昌嚼着汉堡包边吃边说，别这么说晖哥，他只不过是失恋。多大的事啊，现在没有了女人，花销也少啊。一个人可以过得好好的，像我这样能吃能睡，不为女人发愁，吃货就是个完美的人生。华昌是个大胖子。人都已经胖到一百七十多斤了，还不忘吃。

荣福躺在床上拿着手机看着电子书说，哥们啊，别灰心啊！这次爱情没了，下次一定会遇上。你没听人家说吗？人的一生至少要经历三次爱情才是完美的。一是懵懂的爱，二是刻骨铭心的爱，三是一生的爱。这样的爱情多好啊，不是吗？荣福长得五官标致，唯一的缺陷是脸上的痘痘有点儿多。荣福看小说看多了，说话的水平就是不一样。

轮到我们110宿舍的"赌神"晴明了，晴明又矮又瘦，是我们宿舍最特殊的人物。晴明一有钱就喜欢往学校后面的市场赌大小。这一赌就往往把钱输个精光。他总是说："有一天我相信我的运气会回来，把钱通通赢回来。可是，他的运气总不好。现在，我们宿舍每个人都成了他的债主。他没钱的时候，我们宿舍的人借钱给他吃饭，我们劝他别赌了。现在可好，晴明又沉沉睡在床上了，他一句话都不说。我想，这家伙又输钱了。

他们很古怪，但我喜欢这群家伙。至少我失恋的时候，有他们一起陪我到学校快餐店附近打饭。无聊的时候，我们成群结队到篮球场上打篮球。

学校里的广播站每天午后会准时开场，以前恋爱的时候，我都不怎么注意听广播。现在不爱了，一个人安静下来了，却喜欢上了聆听广播。

虹曾经问过我，你什么时候会在广播站点首歌送给我？

我说，你什么时候想听就什么时候送给你。

我一直都没在广播站点送过歌。毕竟，虹没有再说起想听歌。我怕我自作主张点了歌，我担心她听不到我的祝福。

3

我发现自己犯相思病了。

我不知道如何学会忘记一个人。如果我没有真心爱过一个人，又何必让自己活在回忆里。

相思是种折磨人的心病。不行，我得想想办法治治。终于，我想到了解决相思之苦的方式。当我把想法告诉高水的时候，高水大骂我神经病，说我这么做不值得。是的，我决定重新联系我想念的虹。

说干就干，我把卸载的空间和 QQ 重新下载安装。

我感觉到自己很庆幸。我和虹即使分手了，她也没有将我的 QQ 拉黑。原来，我在她心底还有那么一丁点儿的位置存在。我在 QQ 上连发几条信息，但她都没有回应我。

我焦灼，我按捺不住打通了虹的手机号。

"喂，虹，是我。有时间吗？我有事想找找你。"我说得特别急促。

"噢，什么事？在电话里不能说吗？"她有点儿不耐烦地说道。

"有些事必须当面和你说，见一次面可以吗？"我语气沉重地说道。

"噢……好吧。"虹终于答应了。

"明天下午放学在学校麻辣烫对面的避风塘奶茶店见，可以吗？"

"嗯。"

我暗暗自喜。我在想，分开有段时间了，我终于可以见到虹了。即使分开，我也无时无刻不恋着她。

第二天下午放学，我提前来到了避风塘奶茶店。

我记得第一次和虹在避风塘奶茶店见面的时候，我迟到了，原因很简单，我走错了方向。谁会想到呢，永源高中附近竟有两家同名同姓的奶茶店。这次见面，我特意向虹指明了是学校麻辣烫对面的避风塘奶茶店。

来避风塘奶茶店之前，我特意跑到了公园超市买了虹喜欢的零食，然后我匆匆忙忙回到避风塘奶茶店等她到来。

"虹会来和我见面吗？"我内心特别纠结地想。

十分钟过了，她还没有来，我仍坐在奶茶店等着她。

我发了条短信给虹，你到了吗？

短信发出不到五分钟，虹突然出现在我眼前。

我和虹分手后，我记得已经有三个星期没有见过面了。

我们明显很尴尬。为了打破这个僵局，我找话题跟虹聊天。

"很久不见了，你现在过得还好吗？"我微笑着对虹说。

虹淡淡地说："嗯，还好。"

虹接着沉重地对我说："一开始，我是没有勇气见你的。如果你没发短信的话，我想我是不会过来的……"虹边说眼睛边往奶茶店外看，却不敢望着我。

"没事，事情过了就过了，你不要太在意。"

"嗯，对了。你在电话里不是说有些事要当面对我说吗？"

"别急嘛，先喝奶茶。"

于是，我们面对面喝着各自喜欢的奶茶。

过了一会儿，我开口对虹说话。

"虹，今天找你其实想当面跟你说声对不起。"

虹愣住了，她以为我今天找她是怪罪她。她没有想到是，我只是为了跟她说声道歉。

虹听到我这么说，她也检讨自己。她说，我也有错。是我自己轻易和你提出了分手，对不起。

我假装坚强地说:"没事了啊,反正事情已经过了,现在这样子不是很好吗?"

我们互相在笑,我们笑那时候不懂爱情的我们。

喝完奶茶,我向店长结了账。离开奶茶店的时候,我把在公园超市买的零食递给了虹,虹婉拒不要。在我的再三请求下,虹总算接受了我买的零食。

我问虹:"今天可以像以前那样送你回出租屋吗?"

虹犹豫了一下说:"可以。"

我和虹走在了徘徊的路口,这一切,我想到了我们过往的爱情,我们走过的每一条小巷。但现在,早已经不是那时候的我们了。

不知道什么时候,我已经送虹回到她住的出租屋楼下。

虹开心地对我说,谢谢你的礼物。

我勉强笑着对她说,喜欢就好。

我们没有了过往的甜蜜,只是互相告别,最后我转身离开了那地方。

4

我还是回到了我的110宿舍。不知道为什么,今天宿舍的人都到齐了。如果在以前,他们都在各忙各的。高水一定是上教室和女同学唠去了。晴明这烂赌鬼,有钱一定跑到市场赌博。华昌这吃货,不是跑肯德基就是上麦当劳。荣福小说迷还好,就待在宿舍看小说。

"哈哈……怎样怎样？今天是不是和前任破镜重圆了啊？"他们异口同声地大声说。

"去你们的。拍电影是吧？说的台词都一样的。"我生气地说。

"到底怎么回事，和好了吗？"高水急切地说。

"对啊，你要给我们一个说法。"华昌补充说道。

"赶快说啊！"晴明拼命在催我。

"好啦好啦！还是和以前一样。我和她还是朋友，朋友。懂吗你们？"

……

他们还是不相信。他们以为我会藕断丝连和虹重新在一起了。其实真的没有，我可以用自己的人格跟他们保证。

为了表示我的决心，我做了匪夷所思的决定。

5

一个星期后。

我走在永源高中校园内，我知道很多人在好奇地望着我。他们看着我并不是我长得帅，而是我剃了超短平头。我不在乎他们的眼光，我继续往宿舍的方向走。

走到宿舍门口，110宿舍那群兔崽子们一见到我几乎要疯掉了。他们不敢相信，我说要剃个平头祭奠我失败的初恋，我做到了。我宿舍的人都知道，我从高一开始就留着飞机头发型，每天都对着镜子往头发涂发蜡打扮后才肯上教室。我那个爱美程度，是我高中时期的标志啊。现在剪成这平头,还是可惜了。但我不后悔,凡事都有新的起点。

我剃超短平头成了永源高中新的亮点。有点讽刺的是,永源高中开始掀起了一股短发唯美的风潮。

6

后来,我再也没有遇见过虹了。当我上QQ找她的时候,我发现她已经把我拉入黑名单了,我的好友列表再也没有出现她熟悉的头像。我不知道她为什么把我拉黑,后来上了空间才知道,她给我留言说:不知道为什么,每次上线看着你的头像我都会感到莫名的心疼。我知道我们曾经相爱过,但分离了。我们两个分开谁都没有错,错的只是缘分。你要记住我当初跟你说的,你是一个很好的人,希望你能有一个好的前途与未来,再见,希望下次见你的时候你仍是我曾见过的阳光男孩!

虹,这次真的离开我了,她去了一座陌生的城市。她的手机号我还留着,但我打过去的时候,发现此号码已成空号了。

7

虹彻底离开了我,我心里的石头压得特别重。我偷偷地跑到学校的心理咨询室看了心理医生,那女心理医生长得面善,喜欢微笑。我把我和虹之间的经历都告诉了她。她问我是不是对虹还没有彻底放下,我犹豫了一下说:不清楚。接着,心理医生叫我坐在椅子上,然后她让我闭上眼睛想象虹就坐在我对面,叫我把自己最想说的话告诉虹。我想哭,却不能表现出来。我面对的是一面墙壁,它是没有生命力的,但我只能把自己心底最想说的话偷偷告诉一面墙,虹,我爱你,回来好吗?

心理医生问我心里话说完了吗?我闭着眼睛说,完了。然后,心理医生让我继续想象虹在我心里的样子。我闭着眼睛努力回忆,虹瓜子脸、大眼睛,一头乌黑秀丽的长发,樱桃小嘴,有着迷人的小酒窝。

我把虹的样子告诉心理医生,心理医生让我深呼吸,让我感受自己的呼吸在肩膀上,叫我放松再放松。还问我现在是不是感觉放松很多了?我轻松地说是的,感觉是释放了很多压力。

后来,心理老师给我安排上了什么"精神疗伤",我忘了。我记得心理老师跟我说了这么一句意味深长的话:你们恋爱在一起的时光是幸福的。爱情不在乎短暂还是漫长,最主要的是你们幸福过爱过,我想这就够了。

我们彼此爱过就好。用回忆,祭奠我们逝去的爱情。

8

4月16日,我的通讯录留言上写了这句话:所有给你的爱都在分手后,只是你已不在了。

某月,我的短发慢慢长出来了。可岁月呢,它不回头了。就像分开的恋人,一旦错过就真的不在了。

听说，永源高中校园的广播依旧很动听。终于，我鼓起勇气，在点播窗口点唱了一首歌。那是来自刘若英的经典之作《后来》。

　　后来　我总算学会了　如何去爱 可惜你　早已远去　消失在人海
　　后来　终于在眼泪中明白　有些人一旦错过就不在

再见，虹。
谢谢你的离开，你让我变得勇敢。
下次爱情来临的时候，我想我会更懂爱了。
（谨以此文，献给两年前初恋的你，和我们最后没有走在一起的爱情。）

走不到一起的爱情，就分开

最心酸的爱情莫过于在没有任何承受能力的年龄遇到了想承诺一生的人。

阿胜最不喜欢我叫他情圣。

情圣是我高中认识的一位同学。他身高一米八，性格内向。他有才华，可以写文章，尤其是写情感类的文章。我总爱逗他：你写过那么多男女情爱的东西，你到底喜欢了多少人？

情圣其实还没有拍拖过。情圣和我出去喝酒的时候告诉我。他说，我写情感的东西都是通过身边朋友的故事改编的，我谈过什么恋爱？

情圣和我高中同班两年，他有什么底细我都清楚。在我拍拖的时候，总带上他，我想，我委屈了他，当了我一年的电灯泡。

其实，我想过介绍女同学给情圣认识，但他都拒绝了我，他说要在茫茫人海中，遇到对的人。即使未来的女朋友现在迷了路，也愿意等她。

情圣是我们班当年的数学王子，他的数学学得特别好，成绩总名列前茅。我羡慕他，因为他总吸引班里很多女生到他桌前问数学问题。情圣是个老实巴交的人，他总是很耐心地给同学们解答数学问题。

情圣和我同桌，他认真学习，有着自己的想法。他说想靠高考改变自己的命运，上好一点的大学，到时在大学校园谈场轰轰烈烈的恋爱。

我安慰情圣说，你好好努力读书。上了大学，大学校园里的女生随你挑。

情圣只是呵呵地笑，充满期待并自信地对我说："我知道未来有个她在等我。"

高中这三年，情圣教会了我很多东西。比如他跟我说，玩的时候尽情地玩，学习的时候就该认真学习。我觉得这句话挺有道理。

在我没认识情圣之前，我是个调皮捣蛋的学生。违反学校规章制度，有课能逃就逃，没课基本不见人影。那时，我以为游戏就是我的人生。我总逃课到网吧打游戏，在虚拟的游戏里，指挥群雄豪杰在场上厮杀成一片。

后来我变乖了，是在认识情圣之后。毕竟，你和优秀的人认识，多多少少都会有一些改变。

情圣的空间里写了上百篇日志，我仔细看了一下，写的是世间不一样的爱情故事。我在某一篇日志下给他评论：情圣你能不能把我的爱情故事写在你日志里，记得把我写得帅一点……情圣只回了我一句"傻子"。

情圣和我说过他写日志的原因。他说在现实生活中暂时找不到爱情，只能在这里找到爱情。

我想，文字大概可以填补情圣的情感空虚吧。

每个人的高中时代都有一段励志的故事。何况像我这样的学生，在高三，我把网瘾都戒掉了，和好学生一样，扑倒在书堆里。想学就努力去学，不想学也要硬着头皮去学。毕竟，在那么高压的高考复习环境里，打扰人家学习，就是罪人了。

后来。

情圣如愿考上了理想的大学，在云南某高校，只是他读的专业是旅游专业。那时我以为情圣会读数学专业，毕竟他的数学那么好，不深入研究数学有点儿可惜了。

但他说，世界那么大，他想到处走走看看。

原来，文人都这么浪漫。

我也庆幸考上了大学，在广州，我读了一个普普通通的大专。不过感激，我能有书读，对于我这坏孩子来说，上天已经对我不薄了。

上了大学，我和情圣的联系越来越少了，我常刷他的QQ空间看动态。

有天晚上。

情圣给我开了QQ视频，他伤心难过地告诉我，他失恋了。

我当时两个字：震惊！！

在高中时代，情圣和我什么都谈，没想到情圣情感的事居然瞒着我。

我问情圣到底怎么回事？

情圣才开始慢慢吞吞地告诉我。

小丽是情圣的恋爱对象。哦不，是网恋。

情圣说和小丽是在网上认识的，小丽是广西人。两个人之前交流了半年。情圣以为在大学里可以找到他的爱情，但在寻觅爱的途中，他却一直都在迷失方向。

后来，小丽走进了情圣的世界，两个人三个月就稀里糊涂地在一起了。

情圣说，刚开始的时候，他自己有些不相信，但是他发现真的爱上了她，而且是不可思议的网恋。

小丽在她那个学校担任学生会主席还兼任街舞社社长，她跳舞超级棒，她有时都会发跳舞的视频给情圣看。

他们总是语音视频，甚至是电话聊天。那时他以为小丽就是他生命中值得爱的那个人了。

可是没想到。

小丽经常叫情圣汇款给她，说交舞蹈培训费，买护肤品。他知道小丽是个爱美的女孩子，她要什么都满足她，只要在他能力范围。

但情圣还是受不了，她总这样，情圣负担大。情圣必须做更多的兼职，摆摊、送外卖、发传单……太累了，这样子他实在难受。

直到有一天，情圣一个人偷偷搭火车去广西找她，想到她学校制造一个惊喜。谁知道到她学校才发现，情圣只是她的备胎，她是有男朋友的人。

情圣在她学校没有闹，只是朝她吼一声："骗子！"后来发生了什么，他都不记得了。

我看着电脑屏幕上的情圣，他哭了，但没有哭到眼泪鼻涕满脸都是，只是情圣的脸红了一大片。

我安慰情圣：哥们儿，没事的，一切都会过去的，一切都会好起来！！

情圣说：没事，是我看清了爱情这张脸，它让我好难过。

直到关掉视频。

情圣许久没更新的 QQ 动态写道：

最心酸的爱情莫过于在没有任何承受能力的年龄遇到了想承诺一生的人。

但你却只是骗子，骗子。

我想通了，走不到一起的爱情，就分开。

后来。

情圣大学毕业后去西藏当了支教，有时，情圣会在好友圈看到小丽和男朋友的恩爱照片，他很痛心。最后，他终于下定决心删了小丽的微信，从此两个人相忘于江湖，老死不相往来。

拼尽全力去爱你，最后我还是没能留住你

我以为我们牵了手就会一直到永远，一辈子那么长，我想和你相爱。
我不管怎么努力。
拼尽全力去爱你，最后我还是没能留住你。

1

"拼尽全力去爱你，最后我还是没能留下你。"

杨梅在好友圈更新了这条状态。我不知道怎么回事，惯性给她点个赞。谁知道不到三秒，杨梅立马私信了我。

"我和男朋友分手了，我失恋了！"

我一看到杨梅给我的私信，很震惊，这么好的姑娘怎么就失恋了呢?

杨梅长得不算漂亮，但看起来却让人感觉舒服。在校园，杨梅是国际舞协会会长，与人好相处。杨梅有时会自制跳舞视频到网络上，俘获不少真粉丝。而杨梅的男朋友吴青是校园风云人物，帅气十足，皮肤黝黑，校篮球队主力，一米七五的身高，却有着惊人的弹跳力，在篮球场上常上演扣篮表演秀。因此在场外，总有很多女粉丝为他尖叫，欢呼。

杨梅和吴青在一起的时候我也是知道的。毕竟，我和杨梅是同

班同学。她有什么消息都会频繁更新在好友圈。前段时间我还问杨梅，你和男朋友上次去了上海玩，下一站又去哪啊？杨梅笑呵呵地对我说，咱们朋友圈见。

确实，杨梅是个藏不住心事的女生。她有什么心情都发在好友圈上，今天去了哪，吃了什么，玩了什么，她都在好友圈上报。杨梅一天更新七八条好友圈，我一刷动态，就可以看到杨梅的存在。

虽然我们是同班同学，但杨梅把我当成她的男闺蜜，有什么心事都会告诉我。更可笑的是，她当时追吴青的时候，还是我给她支了招。

那时我觉得杨梅好傻，为什么要追男生？杨梅天真地说，我喜欢吴青，我就是要追他啊。

当时杨梅追吴青，我告诉她，追一个人要投其所好。就这样，她一个人到球场看吴青打篮球。吴青打球口渴，杨梅就将买好的矿泉水递给吴青。一开始，吴青没怎么搭理她。后来，时间久了，吴青慢慢习惯了杨梅。

突然有天，在球场上，杨梅鼓起勇气向吴青表白了，我喜欢你，当我男朋友好吗？

吴青没多想，很爽快答应了。

杨梅成功表白，我也终于明白了多年的老话，"男追女隔座山，女追男隔层纱"。

他们在一起，我有点儿失落，说不出到底是为什么。

2

杨梅和吴青在一起的时候,杨梅开始减少了和我的联系,她说这样会好一点儿,免得她男朋友对我会有其他的看法。

就这样,我们很少有联系了。不过庆幸,我可以在好友圈看到杨梅,今天她和男朋友去吃羊排,明天去骑自行车,各种各样的合照。我想杨梅是开心、幸福的,作为她男闺蜜的我,也觉得快乐。

杨梅老是劝我不要太宅,宅多了会发霉。要去外面走走,多散散心放松一下。

我也想像杨梅一样全国各地到处跑,到处玩,但我家没杨梅家宽裕,我现在的生活费都靠自己课外兼职,能省就省吧。

后来,我改变了。

我兼职送快递赚了点钱,我去了一次远方旅行。

出发之前,我问杨梅,你要和我去阳朔西街吗?

杨梅苦笑着对我说:"你傻啊,我要是去了,我的男朋友怎么办?"

我只是哈哈大笑,杨梅没有陪我去,我也傻。就这样一个人去了远方,去了阳朔西街。

一个人的旅行并不孤单,心情在路上。

3

我从阳朔西街回到广州才收到杨梅分手的消息。

"你们到底怎么啦？"我急促地在微信上问杨梅。

我等了好久，杨梅也没有回复我。

我打了个电话给杨梅，杨梅在电话里哭了，哭得好伤心，始终没有说话。

"你在哪，在哪？告诉我！"

"四季阳光门口。"

我叮嘱杨梅在那等我，我很快过去找她。她哭着说一句："嗯。"

我现在有点儿痛恨自己是个胖子，因为我不能跑太快，我的脂肪堆积太多了。如果我是刘翔，我要以最快的时间到达杨梅身边。

到达四季阳光，杨梅一个人呆呆站在门口，我气喘吁吁走到杨梅身边：怎么回事？

杨梅眼圈一直泛红着，停止了啜泣，说："陪我逛逛超市。"

我带着杨梅走进超市，在超市兜了一圈又一圈，杨梅买了五包姨妈巾、六包薯片、一盒装饮料……

4

两个月后。

杨梅心情没那么难受了。

她才告诉我实情。

吴青一开始对她很好。突然有段时间，吴青对杨梅冷漠了，铁心提出分手,他说:"我们没有感觉了,好聚好散好吗?"

  杨梅眼泪一直在流,她觉得两个人明明相爱,为什么不能好好在一起?

  直到有天,吴青才实话告诉杨梅:"我不爱了,我爱上了别人。"

  杨梅摇着头不相信,直到看见吴青带着新欢出现在杨梅面前,看到他们有说有笑,在拥抱,接吻。

  杨梅实在难受,被激怒了,当场和吴青吵了起来,并狠狠扇了那个女生一个响耳光,场面相当混乱。

  最难过的是,吴青没有一点儿悔意,和新欢头也不回消失在她眼前。

  这一年来,杨梅终于明白了吴青为什么不在他的好友圈晒他们的亲密照。原来,在吴青的眼里,杨梅只是他的备胎而已,不需要了,随时丢掉。

  杨梅下定决心,删掉手机纪念日的软件,撕掉了宿舍她和吴青的合影,手机里他的照片通通删掉。

  杨梅重新登录她的微博,时隔一年没更新过微博的她,狠狠在键盘上打了几行字;

  以后养条狗,取名前男友,贱男!

5

  杨梅告别恋情,她终于明白:我以为我们牵了手的爱会一直到永远,一辈子那么长,我想和你相爱。我不管怎么努力。最后我还是没能留住你。

后来,我和吴青干了一架,记得在那个烈日下,我受了伤,但我勇敢过了。

我想杨梅知道:从今以后,我不许任何人欺负你,我喜欢你。

对不起，我比想象中还要喜欢你

我以为分手了，我对你不会再想念，不会再与你有任何交集。
可有一天，你访问了我的空间，你给我的回忆一下子涌了上来。
对不起，我比想象中还要喜欢你。

1

那晚，我登录了一年未登录的 QQ 空间。我随手刷新了动态。一不小心，我看到了访客记录，是你，我的初恋。

你知道吗？当你访问了我的空间，我兴奋得像个孩子，我兴奋地对我的室友说，我的初恋访问我空间了。

我室友给我泼一盆冷水，说不定是不小心点了进去的。

你知道吗？无论怎样都好，你能看我的动态，我都很感动。我们分开一年多了，我们 QQ 加了又删，删了又加，彼此没有什么联系。可你知道吗，这些年，我无数次在梦里想起你，关于你的好，与你有关的回忆。

可我哭了，我醒来的时候，发现那只是我的梦境。我多么希望醒来是真的，一觉醒来有你在我身边。可是，你始终不在。

我身边的朋友劝我放下你，追寻另一天空的自由。我嘴里说死心了，但心里还是放不下你。因为那是你，没人可以取代你的位置。

你知道吗？你的手机号码，我还在手机通讯录留着，我舍不得删。每当我看着通讯录，浏览着你的名字，我停留了，犹豫了，我思考好久，特别想按下拨打键，给你一个电话，可我没勇气，我知道，你到现在还躲着我，你不想见到我，你会怕想起我们在一起的每段回忆。

2

我好友圈多了新朋友，只是没有你。我曾添加你为微信好友，你始终没有通过我。我不知道你在担心什么，可我真的很心痛。也许你真的很讨厌我，所以你才选择离开。怪我吧，我越喜欢你，就越想了解你的近况。

都说分开了的恋人不要有任何的想念，可我做不到。走在校园里的街道上，看着一对对情侣陆陆续续手挽着手从我身边经过，我还是不由自主想起了你。如果我们没有分开，我想我们可以一样幸福。可你说回不去了。

你知道吗，我不怕寂寞，我是怕你不在我身边。在没有你的日子，我的心里感觉好落空，你就是我心里的那个缺，没有了你，走到街上我都感觉自己犹如行尸走肉，没有灵魂。

我想起了去年自己一个人偷偷跑影院看了一部电影《可爱的你》，你如杨千嬅饰演的女主角，多想告诉你，有你不再渴爱。可坐在影院里，我是多么难过，发现我还是一个人。

3

我那时赌气告诉你，没有你，我一样可以生活得好好的。但我错了，没有你的世界，我迷失了自己。以前你说你讨厌吸烟喝酒的人，现在想想我觉得可怕，我变成你讨厌的那个人。我现在学会了抽烟喝酒，但又能怎样，我要依赖着它们想戒掉对你的想念。如果不那样，我怕自己变成疯子一样缠着你。但我不想那样，我怕你难过，我知道你不想看到这样的结局。你难过，我也不会开心。

4

我记得分手的时候，你给我留下最后一段话：我希望你能振作起来，我很愧疚，但我还是想说你是一个很好的人。我希望你能有好的前途与未来。再见，希望下次见你的时候你仍然是我曾见过的阳光男孩。

我到现在都记得。因为我牢记你给我的话，我会好好照顾自己。而且我希望，你现在生活要比我过得好。下雨了记得带伞出门，搭地铁记得带好羊城通。

我也会告诉你，我会努力阳光地生活着，不管有没有你，我都想好好的。

5

我们分手两年了，再也没有见过面。当我想进入你空间看你动态的时候，你设置权限禁止了我的访问。无论何时，我都希望你过得好。

写到这里，有个欲望促使着我，就是想给你打个电话。我终于不再犹豫了，果断地拨打了你的电话。

没想到，我只听到客服的声音：对不起，你所拨打的用户暂时无法接通，请稍后再拨。

最后，我放弃了。

6

我多么希望有一天：

你会不会忽然地出现

在街角的咖啡店

我多想与你相遇，对不起，我比想象中还要喜欢你，想念你。

后来，喜欢的你成了别人的女朋友

准备写文章时，我默默点开了你的微博，
把你这些年发过的微博重新看了一遍，你的世界没有我的存在，
我却把我的青春投注给你，默默喜欢，特别关注。
只是我后悔了，你已成了别人的女朋友。

1

我很少在朋友面前认真谈起那些年我喜欢过的女生。有些话我不能说，我怕说了，我们的友谊会破坏，再也回不到曾经美好的模样。但现在我不得不说，我曾经喜欢你，是你陪我度过了那漫长的暗恋时代。只是一切都没有关系了，你现在已成了别人的女朋友。

你是个好姑娘，你曾经对我说我是好人。我心地善良，憨厚老实，对朋友好，我身边总有很多朋友围着我，陪我一起玩一起闹。

只是我的好姑娘，我们认识那么久，你难道一点儿都没发现我喜欢你吗？

我第一次申请QQ，我是第一个为你留言的。你的每一场文艺演出，我都是第一个偷偷跑到前排座位认真看。别人说过你的坏话，我悄悄给你辩解反驳。我知道，在我眼里，你就是好的，我不容许别人随便说你坏话。因为你是我眼里的好姑娘。

那时我们都还小吧,还不懂什么叫爱情。你认真上学的时候,我开始喜欢望着窗外对你情窦初开。我不后悔从小看了爱情电影,心理比同龄人早熟。

我不敢靠近你,我想还我们单纯美好的童年。在该玩该闹的年纪,好好放肆自己,做个无忧无虑的孩子。

那年,我对你的喜欢是早熟。

2

初中开始,我生活得浮躁。我看着身边的朋友随着青春期发育,慢慢长高,变声。我自卑。毕竟我早熟,我的身体完全定格了,始终长不高。可我不气馁啊,我知道我体格不占优势,我就拼命地在学习上努力。说到底我努力,还不是为了让你多注意我。

你是个优秀的姑娘,你有你的思考,你的执着。你说要考上好的高中才能拼出好的大学。努力的孩子总会幸运的,我暗自对自己说我也要努力,我想和你上同一所高中。

在教室里看着有比我帅的男生和你开怀大笑跟你聊天,我会吃醋,会不安,不开心。我怕他是有目的,想泡走你。这样,他会抢走我世界独有的你,留下我一个人暗自神伤。

你没有跟他走,你还是努力地学习。我喜欢你思考的模样,遇到解不开的数学题,你耐心地在草稿纸演算了一遍又一遍,最后把答案解开。那时我怪自己没能力,我的数学糟到无法言语。可你夸我,说我语文好,说不定我以后在文字上有发展空间。我信你的话，我偷偷在空间写日志，设了加密，却从未发表。你不知道啊，那时我写过的日志都是关于你，像暗恋这种小事，喜欢你却不让你发现。我自卑，我怕你拒绝我，更害怕我得不到爱情，连我们最初的友谊都不回去了。我选择了沉默，想和你一起努力，考个好高中。

那年，我对你的喜欢是想和你一起努力。

3

高中，我们告别一起度过的母校。你离开了我，你说不打算读高中了，你说要提前去社会工作，当一名会计师。那时，我差点儿哭了，我拿着你的高中录取通知书，想打个电话给你说我们被同一高中录取。可我断了念想，你有了你的选择，你选择了去社会工作。而我还在继续升学，念高中考大学。

高中三年，我们断了联系。我知道，我不主动找你，你也不会主动找我。我记得你十八岁的生日时，我鼓起勇气拨打你电话，说我喜欢你，我想和你在一起。可你在电话里没有听到。事后，你问我在电话里头说了什么，我把我的心里话咽了下去，说好久不见，就想打个电话给你，只是想听听你的声音。

高中，我藏了好多幻想，想让你成为我的初恋。想你和我一起好好努力读书，一起上大学。

我编织了好多的梦想，想得最多的是和你在一起。可回头看看，我徘徊在高中校园，再也看不到你熟悉的背影，听不到你熟悉的声音。我才发现，你不在我身边好久了。

那年，我对你的喜欢是想和你在一起。

4

我如愿考上了大学。你这么多年在社会上拼搏奋斗，你也如愿以偿地当上了会计师，做喜欢的工作。我也想不到单身生活那么多年，我恋爱了，只是初恋不是你。那时，你祝福我，说认识我那么多年我好不容易恋爱了，有空见到我的时候好好请我吃一顿。我说好啊。我心里却不是滋味。我喜欢你那么多年，最后我们没有走到一起。我想这是我认识你这么多年的遗憾吧。

可没多久，我失恋了。作为老同学的你还是那么暖心，叫我想开点儿，不要为了一棵树放弃整片森林。

我忧郁了，我常在好友圈发表动态，一天发七八条。你知道我是怎么回事，我是借好友圈发泄自己痛苦的情绪。后来，你寄了一本书给我，说看开点儿，多看点身心灵的书籍可以控制自己的情绪，心情会变得开朗一点儿。

我感动了，我知道这不是爱情。这是我们多年的友情，我们有默契是件很来之不易的事。

那年，我对你的喜欢无关爱情，有友情就好。

5

我失恋的时候，总无病呻吟，说拥有过美好的爱情经历是好的，可后来没有走在一起，那只能说是一种错过的遗憾。

爱情就像一部电影。只有自己喜欢的才好，不喜欢的都不会放在眼里。我走出来，我不要只活在失恋的回忆里，我学会走出来，开始新的生活。

我失恋走出来了。

只是后来。

你交了男朋友，我想那个他比我更加喜欢你爱你吧。

外面下雨了，我不能送你回家了，也看不到那个夏日剪着短发的你，吹着海风，光着脚丫在海边沙滩狂奔呐喊。

我想那声音是我们回不去的时光，和一起成长的青春吧。

故事中的你，愿你幸福。

愿爱你的那个他陪你相爱到永远。

请记得，你一定要比我幸福！！

第三辑

有些爱，过了就不在了

你知道吗，
我最后要的幸福是和你结婚

1

想起来，这是一段忧伤得让人心疼的故事。

田晴在一次相亲上认识了一位叫胡同的男人。他们初次在餐馆见面，田晴对他的第一印象并不怎么样。胡同的话不多，还有些高冷。因此，只是简单地聊了几句。然后，各自告别离开了。临走的时候，他们任何联系方式都没有留下。

田晴没有想到，在餐馆分开后，胡同不知道从哪里找到她的联系方式，他主动联系上了田晴，说有时间再一起吃顿饭。

田晴随和，便爽快地答应了。田晴心里想：反正就是吃顿饭，我对这男人没什么感觉。我想我们没什么故事

谁知道，田晴陷进去了，她爱上了胡同这个男人。

再次见面那天，胡同西装革履，打扮得格外引人注目。田晴细心地审视着眼前这个男人，胡同三十岁出头，留着稀疏的胡须，笑起来，小酒窝很迷人。

一开始，田晴以为这次饭局估计又要冷场了。毕竟，他们初次见面的时候，胡同的话不多，完全找不到什么话题。

田晴万万没想到，胡同打破了她想象中的僵局，他满怀歉意地

跟田晴说上次不好意思,说不习惯相亲那种场合,所以不知道该说什么好。

通过深入聊天,田晴才知道眼前这位男人在她医院附近一家公司上班,是一名营销部主管。田晴兴奋不已地告诉胡同,好巧,我上班的医院就在你公司附近……

2

田晴是一名护士。从前她读书时的梦想是当一名教师,在校园教室里授书育人。谁知道出来社会工作,田晴成了一名护士。不过田晴也没有抱怨,当护士挺好的。护士可以从事护理活动,也可以履行保护生命活动,减轻病人的痛苦。护士其实很伟大,简直是白衣天使。

在餐馆吃完饭,他们的印象感觉良好,便相互留下联系方式。走的时候,胡同特意为田晴拦了一辆出租车,告别的时候,胡同叫田晴回到家了就给他发个信息。

胡同这细微的动作,让田晴看在眼里,这让她觉得暖心。

从那以后,他们经常一起约出来吃饭,不是田晴等胡同下班,就是胡同等田晴下班。每次见面,他们都会相互对对方说不好意思,让你久等了,然后有默契地笑了。

或许是日久生情吧,两人的心在慢慢地靠近。

有次见面,两人一边吃饭一边聊天,然后发呆。这时候,胡同开玩笑对田晴说:"你是我女朋友吗?我们天天都待在一起……"

田晴反问:"你说呢?"

因为一句玩笑话,他们在一起了。

其实呀,田晴也不是一时冲动才和胡同在一起。她知道眼前这位男人可靠,她的幸福值得托付给他。

能温暖女人心的男人值得信赖,女人可以把幸福的希望寄托在所爱的男人身上。

我知道,每对幸福的恋人在一起时都是幸福快乐的,那种感觉真是恨不得让全世界都知道。

他们确实是幸福的。两个人一起开了情侣空间,微信头像换了情侣照,两人下班一起散步。

他们有时到天天广场看大妈大爷跳爵士舞。跳舞累了,老伴给对方用毛巾擦汗,递水喝,说:"不要喝得急,小心被呛到。"看着这温馨的画面,她也希望以后等他们老了也要这样幸福地相爱着。

3

他们没有等到老了彼此幸福地相爱着。很遗憾,他们分手了。

前段时间,田晴想让胡同陪自己到医院做一次例行检查。毕竟,田晴有一段时间大姨妈没准时来,田晴有点儿担心自己是不是怀孕了。

当田晴把这个想法告诉胡同,胡同推卸说没时间,陪不了她去医院。

田晴表示理解,毕竟胡同是公司的主管,有些事情忙起来确实让人透不过气。田晴只能一个人去医院。田晴是个好心肠的姑娘，上自家上班的医院做检查，她的同事认真给她测试，检查身体。

田晴大吃一惊，原来不是怀孕只是假孕。

田晴心想，如果告诉胡同自己怀孕了，他会怎么想，会和自己一样兴奋吗？

其实，田晴想要个孩子了。毕竟，田晴已经二十六岁了。身边的姐妹一个个陆陆续续结婚，生子，幸福生活着。田晴当过几回伴娘，她梦想有天她能有属于自己的幸福婚礼，当全世界最美的新娘。可回到现实，田晴只是和胡同在谈恋爱而不是结婚。

田晴第一次去胡同家做客，他父母很冷漠，嫌弃她矮小，配不上他们的家族基因。胡同父母嘴上不明说，但田晴感受到这样的歧视。胡同也去过田晴的家，她父母热情招待了胡同，还问胡同什么时候订婚，娶他们的女儿过门。胡同只是平淡地说：谈着恋爱再说吧。

田晴决定冒一次险。

田晴编了个善意的谎言告诉胡同，她怀孕了，想结婚了。

田晴告诉胡同她怀孕的消息，一般正常的情况下，女人这么说，作为有担当的男人，他一定会认真对这个女人说，我们结婚吧。

意想不到的是，胡同对田晴说，我有处女情结，我们不能结婚。

你知道这一句话，有多么伤田晴的心吗？谁没有过去，田晴读护理专业的时候和一个男生相处过，她以为两个人会永远相爱在一起，田晴献出了她珍贵的初夜。第二次是给了眼前这个叫胡同的男人……

田晴以为胡同不会介意什么处女情结。只要两个人相爱，这些都不是阻碍。

胡同还是对田晴冷淡了。他常说自己忙，没有时间约会，和田晴失去联系有好长一段时间，我想这只不过是他找的借口罢了。

田晴是个敢爱敢恨的女人。她想坚持，是为爱坚持。她打过无数次电话，发过很多微信语音，可无论田晴怎么做，胡同还是没有搭理她。

后来，当田晴发现胡同手机存有一张和陌生女人的亲密合影。那一刻，田晴什么都明白了……

田晴之前坚信，两个人在一起，不合适可以磨合，有争执可以道歉，出现了矛盾，因为爱可以妥协。

最后。

田晴对胡同提出分手，分手的时候，田晴把胡同送给她的所有东西都毁掉了。

4

田晴辞去医院的护士工作，一个人离开了这座城市。这座城市没有什么可以给她留下怀念的，受伤的爱情，没有结果的爱情，爱错了一个以为恋爱了就能结婚的人。

拖着行李箱走到街边，田晴经过一家很精美的婚纱店，衣橱透明，一件长款白色结婚礼服闪闪发亮伫立在那里。

田晴想起一直想要努力的幸福：

有个男人，我最后要的幸福是披着白色婚纱，和你结婚，一起相伴到老啊。

只是，这些是梦吧。

失恋以后就会长大了

我们都想好好爱一个人，可惜爱情无法给人圆满，
在失意的爱情里，我们是穿上盔甲却没能力保护自己的那个人。

1

在广州珠江边的我打算走走停停，找灵感，写写故事。我没想到现在要陪珍珠一起承受失恋。

珍珠坐在我身边啜泣，眼圈红肿，一开口就一直大骂那个死贱男人。我知道，珍珠被男朋友甩了，以前说有多爱她的那个男人劈腿，现在丢下了她。我二话不说从口袋里把纸巾递给她，哄着她，鼓励说没事，一切都会好起来，失恋以后就会长大了。

珍珠还是不停地哭，她感觉失恋就像天塌下来一样，太沉重了，让人毫无防备。

我心疼她，我是她唯一的男闺蜜。在她难过的时候，我能做的，就是陪伴在她身边。

珍珠接过我的纸巾，擦了擦眼角的泪水，惊呆地望着我说："你现在自备纸巾了？你之前不是和我说过，没有谈恋爱都不会带纸巾吗？"

我说，对啊，我之前是那么说过，可我没有告诉你，你失恋了，我知道你会难过，我便悄悄跑到便利店给你买的。我怕你哭的时候，没东西给你擦眼泪。

珍珠听了我的话尴尬一笑。

我想起曾经对珍珠信誓旦旦说过的话：等有天恋爱了，我就会自带纸巾。

没想到如今我自带的纸巾是为珍珠擦失恋的眼泪。

"我早就劝你不要和巴万在一起，你又不听我的。现在可好了，非把自己折磨成狼狈的模样。"

珍珠现在听话了，不吵不闹。

我以前跟她说，喜欢上一个人不要只关注他的帅气，还要用心感受他是否真心爱你，对你一心一意，你才能选择去爱。

我说过的话，珍珠没有听进去。珍珠头脑发热就倒追了巴万，不到一个月，会弹萨克斯的珍珠在巴万宿舍楼下表白，吹了一曲《月亮代表我的心》。巴万识相，衣服没换好，就穿着背心和短裤屁颠跑下来接受表白并拥抱了珍珠，他们在一起了。

巴万是个颜值高的人，帅气十足，走到哪，女生都会忍不住偷看一眼。

珍珠骄傲地和我说，她泡到了学校最酷的男生。

我翻着白眼说，你这个花痴。

珍珠认真地对我说，阿宝，我们认识了那么多年，你还一直单身。我恋爱了，你也赶紧找一个女朋友吧，不然我会虐死你。

我不明白，为什么你拍拖了就一定要我交女朋友呢？单身生活不好吗？一个人想有多自由就有多自由，你虐就虐吧。

珍珠和巴万在一起，我心底深处好像丢失了什么一样，感觉总有一个缺口。

他们在一起的时光，有过好几次，珍珠和我谈起，她手机里的相册全是他们的合影，纪念他们去过的地方。

看着她一脸幸福洋溢的样子，我真心祝福珍珠，你要记得幸福哦，好好爱下去。

珍珠信心满满，放心吧，我会好好谈一场恋爱的。

没想到，珍珠这场恋爱只维持了三个月，最后心碎地画上个句点。

2

广州珠江边人来人往，有的人在散步，有的人在慢跑，有的人在拍照。

街灯下，只有我和珍珠在珠江边漫无目的地走着，珍珠在我一旁默默地难过，我知道失恋确实让人心情不好受。我抽着烟，不知所措，一直反复对珍珠说，没事的，一切都会好起来的。

我认识珍珠十年了，在我眼里，珍珠是个开心果，大大咧咧的女生。我们一起经历了中考、高考，甚至是高三毕业，我们进了同一所大学。

珍珠觉得这是我们一段奇妙的相识，我们在一起相伴了十年。

我也庆幸，十年确实是一段漫长的岁月。

珍珠失恋，我心情也不好受。以前和她在一起，她总阳光又开朗，说话都笑嘻嘻的，露出浅而可见的小酒窝。如今，珍珠一脸沮丧，无精打采。

刚停住了哭泣，现在珍珠又忍不住哭了。

我心疼你，别哭了好吗？

走到垃圾桶旁边，我把烟丢了。我看着珍珠红了的眼眶，对珍珠说，你不要这样子，你要振作起来，让自己变坚强。你要证明给他看，即使没有他，你一样可以过好自己的生活。

珍珠揉着眼睛，说：我做不到。我喜欢上了他的温柔，越陷越深。明知道他渣，可我控制不了自己。

这世间有不少痴心的女人爱上渣男，明知道他不好，还情愿飞蛾扑火般扑上去，因为渣男可以给女人说最好的情话。

"难道你自己不知道吗？你现在爱他都爱到卑微了，只有你在努力付出一切，哪怕你现在知道他渣，还对他念念不忘。"

我劝她，放手吧，只有放手了才能给你最好的自由。

珍珠听我这么说，沉默了好久，才说了一句：好。

毕竟，忘不掉心碎的爱情，难受最后还是留给自己。

我对珍珠讲起我一段感情经历。

你还记得吗？高二那年，你知道我喜欢班里一位女生，你撮合我，努力帮我递情书告白。那时候，我对爱情还是懵懂的。可你还是执着劝我，追吧追吧，这样我就可以吃到你的喜糖了。

我当时写了两三篇告白情书,还是你帮我添了几句:

"我喜欢你,我想和你一起度过漫长岁月。"

"给我爱你的权利,以后就是我们幸福的结局。"

……

后来,我追到了我前任。我们谈了这段爱情不太久,因为我们觉得不合适,长痛不如短痛,不到一个星期就结束了。失恋的时候,我偷偷跑到厕所里抽烟,吸了一根又一根。烟抽完了,独自跑到公园买酒喝到酩酊大醉……

因为和前任是同班同学,我们见面很尴尬,那段时间,我不知道怎么活过来的。后来,你知道我失恋,你自责,不应该那么积极撮合我谈恋爱。我没怪你,谢谢你让我明白什么是爱情。

后来,我没有再恋爱。不是不想谈,是不想轻易开始感情,我害怕受伤。

3

我这段感情经历一提起,珍珠哈哈大笑地对我说:"我记得,你那次失恋喝到酩酊大醉,还跑到理发店去剃头,剃了一个超短超短的平头。第二天酒醒了,你才知道自己做过的傻事。"

我顺便扯到珍珠的失恋,其实我们都失恋过,只是时间过了就好。真的,这世间没有什么过不去的坎。

此刻,珠江边的游轮缓缓从江面驶过,广州塔灯火璀璨,不停地更换颜色,这美好的夜色,江边的人却有说不尽的故事。

珍珠说，其实我早知道他出轨，我还是原谅了他。我委曲求全，毕竟我爱他。可他还是瞒着我和其他女生暧昧，我实在受不了，我才选择和他分手。

我说，那样的话，你就应该明白，他真的不爱你，也不适合你。所以你不必把他放在心上，早点儿忘记，重新开始。

我们都想好好爱一个人，可惜爱情无法给人圆满，在失意的爱情里，我们是穿上盔甲却没能力保护自己的那个人。

天色渐晚，我担心赶不上末班地铁。我对珍珠说，我们回去吧，我送你回宿舍。

我们穿过人山人海，在拥挤的地铁里，我们好不容易出了站，送珍珠回到她宿舍楼下。

在宿舍楼下，珍珠和我告别，阿宝，你也赶紧回去吧，今晚谢谢你，我会好好的。

我认真说："好，你也什么都别想了，好好睡一觉。"

说完，我挥手告别。

我坐上了最后一班地铁，看着寥寥无几的人。

想起前段时间，珍珠对我说过的话：

失恋是一种病，会有撕心裂肺的疼痛。

我在想，我多希望珍珠失恋以后会长大啊！愿付出真心的人被时光温柔相待。

为爱情当英雄的人

我嘲笑阿开是个胆小鬼。喜欢一个女同事很久了,却死活不肯说。
阿开总乐呵呵地说,喜欢不一定要说出来啊。
直到有一天,阿开看见自己喜欢的女生被人追了。
这时候阿开焦灼起来,那天我感觉他一夜之间长大了。

1

阿开是我的同事,大我五岁,我们在广州某餐饮业一起打工。只是我们的职位不同,阿开在厨房当厨师,而我在楼面当服务员。

阿开身材魁梧,可以炒一手好菜。穿着白大褂的他憨厚爱笑,有个隐约可见的酒窝。

在我刚来这里工作的时候,他挺照顾我的。那时,我被店里一个同事欺负,我没吭声。是阿开站出来替我说话,他生气地对欺负我的同事说,他是新人,有什么不懂的教教就好了,不用整天欺负小周。大家都是给人打工的,都不容易。

那个同事听了阿开的话,自愧到不敢说一句话。

阿开在我们店里是有威望的。他资历最深,老板新店开业,阿开就跟了他,阿开从最初厨房打杂开始,做到厨师,这一干就是五年。

2

店里有个年轻的同事丽丽，二十三岁，长得好看，说话甜美，是我们店的店宝。

店里生意不好的时候，丽丽只要站在店外打一下小广告，像神了一样，店里就会陆陆续续来客人了。

阿开曾经跟我说过，丽丽是他的女神。有一种说不出的感觉。

我说，是爱吗？

阿开居然有些害羞，不知道。反正看着丽丽挺顺眼的，我想和她有进一步发展……

我搭阿开的肩，拍了拍，发哥，你那感觉是爱情啊，看好就下手啊！

我说到阿开的软肋，阿开失落。他叹了口气，我还不够优秀吧，等时机成熟了再看看……

3

早上厨房里响起DJ音乐，我有种厨房变成了酒吧的错觉。我走进厨房，我看见阿开在忙碌着洗菜洗肉，切东西。阿开见到我，说快到店里休息一下，我们的员工餐即将上桌。

我好奇问了下："发哥，怎么把音乐调那么大声啊？"

"早上容易犯困，放DJ好醒神，才有力气干活。"阿开边说边干活。

我们吃饭的时候会出现一种现象，大家边吃饭边玩手机。在我们桌上只有阿开例外,他喜欢和我们在桌上谈娱乐圈那些事,王宝强离婚了,舒淇冯德伦宣布结婚了。

他说,有的人爱情死了,不幸。还有些人的爱情活过来了,幸福。

阿开见没有人跟他深入娱乐圈的话题,他偷偷瞄了一下丽丽,吃饭吃饭。

老板是个游戏控,喜欢玩游戏。他常挂在嘴边的话:做好自己分内的事,好好工作。

4

晚上是我们店里生意最忙碌的时候。在我们广东这边,民以食为天。尤其是到晚上,太多的食客喜欢出来吃宵夜,和朋友聚聚,吃吃饭,畅饮几杯。

讲真的我讨厌晚上,每到这时候,我们是最忙的。上茶、配料、下单、端菜、收拾桌子……我还记得,我的微信步数之前从未超过一万步。现在呢,微信运动步数天天破万,甚至更多。

店里来了个客人,一位年轻的小伙子,和我年龄相仿,二十二岁。打扮潮流休闲,一身名牌。店门口停着的蓝色宝马X6就是他的车。我觉得好奇怪,这位小伙子一周五次来我们店内消费。而且他每次点的东西都是我们店里最高消费的套餐。

我不知道他是不是有钱没地方花了。谁知道,这位小伙子来我们店消费是有目的的。这位小伙子想追我们店里的丽丽。

5

我惊讶地发现,那位小伙子和丽丽是相识的,高中同学。

他们之前有段小故事。

高中的时候,丽丽和小伙子在一起过,相处了两年。然而到高三,因为小伙子出轨,他们的爱情画上了句号,分手的时候小伙子居然理直气壮地对丽丽说他们不合适。

丽丽当时始终想不明白,既然不适合,那为什么要选择在一起?

丽丽哭傻了,念叨叨说了一句千万少女的心声:我再也不相信爱情了。

现在,小伙子想吃回头草了,想追回丽丽。

老板最近心情大好,全靠小伙子来店消费,店里赢利不少。他笑呵呵地对我们说,丽丽真有魅力啊,要不是有人追丽丽,赢利也不会翻倍啊……

最可怜的还是阿开,他蒙在鼓里,阿开一直待在厨房做事,不知道外面发生的事。

不知道是谁走漏了风声。

"丽丽被一个有钱的阔少追求着。"

"那个追丽丽的男孩挺帅气的,关键有钱……"

阿开从厨房里走了出来,穿白大褂的他一身油烟味,拿着勺子,环顾四周,大声喊了一句:"是谁在追我们店的丽丽?"

坐着吃饭的小伙子,看了阿开一眼,问,你是谁?

我以为阿开会理直气壮地对小伙子说:"我是这里的厨师。你不许追我家的丽丽，她是我的，我喜欢她。"

但阿开对小伙子说，我是谁并不重要。你们之间有什么过去我不想知道，关键是不要影响到丽丽的心情。

丽丽自从遇上小伙子，她是苦恼的。她没之前在楼面待客的热情了，而是一副愁眉苦脸的样子。

6

很久以前我说过一句话：当你喜欢一个人，要大胆说，心里别憋着，时间久了，内心会难受。

丽丽被人追求，我问阿开，你喜欢的女神现在被人追了，你还不行动吗？

阿开没有说话，闷闷不乐。他吸了一口烟，像经历失恋一样，边吸烟边看着天花板，我不知道他在想什么。

这时候，阿开突然问我："你知道我们店附近哪里有花卖吗？"

我吃惊道："你在这里工作那么久不知道吗？"

阿开摇了摇头说，我很少出门。除了工作下班回宿舍，我很少出去。

我帮阿开在导航上找到了一间花店，离我们店有一公里的路。我告诉阿开，在我们店的右边直走到尽头，看到有一条小路，然后走进去就可以找到了……

7

丽丽不知道跟小伙子说了什么话，那小伙子再也没有出现在我们店里了。

有天下午,广州下了一场大暴雨,大街小巷水浸街,我在上班的路上遇到阿开,只见阿开冒着大雨奔跑,我在后面喊了阿开一声,开哥,我这有伞,我撑你回店吧。

阿开停止奔跑的脚步,回头对我说,不用了,我想做一件有意义的事。

说着,阿开继续在狂风暴雨中奔跑,朝着我说的花店方向跑去。

那一刻起我明白,阿开对丽丽表白了。

阿开那天淋了一场雨专程跑到花店买了999朵玫瑰花,小卡片上写着:丽丽,我爱你。

阿开手捧玫瑰花到丽丽面前,结结巴巴地说了一句:我爱你。

丽丽被眼前的阿开感动了。丽丽接过玫瑰花,两个人手牵着手,幸福地走在街头。

8

后来,阿开和丽丽辞职了。我听说他们换了份工作,开始了新的生活。

小伙子再也没有出现在我们店,丽丽当时跟小伙子说,对不起,我们不可能了。我喜欢上了我们店里的厨师,他人很好,很会照顾人。你死心吧,祝福你找个比我更好的人。

我知道,这世间若是相爱的两个人啊,无论在哪,最后还是会走到一起的。

我默默钦佩阿开的勇气,在爱情面前,他勇敢了一回,至少让喜欢的人知道他喜欢着她。

有一股暖流从我脸颊上涌过。

阿开是个爱情战士,一夜长大了。

当了一回爱情英雄,不做狗熊了。

他们相爱了,幸福。

没关系啊，最好的爱情在路上

其实我想说的是，当你失恋受伤了，你哭着说再也不相信爱情了。
我知道你很难过，这段爱情不太长久，
最遗憾的是明明相爱的两个人却不能走在一起。
没关系啊，最好的爱情在路上。

1

我不知道怎么安慰你失恋，作为朋友的我，看到你心情低落，痛苦，我为你感到心疼。不就是失恋，何必耿耿于怀？恋情告终了，重新上路寻找就好了。

我知道从恋爱一开始，你就抱着希望，你们会是幸福的，会好好地相爱。谁想到你们分开了，两个人比谁过得都不好，过日子浑浑噩噩。

死去的爱情让人颓废，忘掉了曾经的自己，有时候你会想，从此以后再也不相信爱情了。

我只能说你是个傻瓜，你只是在爱情的路上摔了一跤，哭着擦干眼泪继续往前跑就好了，记得不要停留在原地，那只会让人更难过。

我那时失恋，迷恋上了电台，听情歌故事，想从电台节目找到自己的影子。我知道自己不是这世界唯一失恋的人，也不是只有自己为爱情留下了匆忙的身影。

我珍惜爱过的世界，我们的回忆，是我错过的青春。

后来我们还不是一样，从原来两个人变成一个人，开始过着一个人的生活。

我们努力生活，做好自己，等足够优秀了，爱情就在路上。

2

我讨厌为爱情屈服，我们可以选择坚强。

你要知道，在这世界上没有谁失去了爱情就不能活。除了爱情之外，我们需要做的事情还有很多。

我们可以选择旅行，在路上走走停停，心情会大好，我们可以选择音乐，安静下来聆听，治愈内心的不安。我们也可以选择运动，在大汗淋漓的疲惫中忘掉一切，什么都不想了。

我们的青春岁月里，在爱情路上难免会遇到以为可以陪伴自己到老的那个人。后来我们才发现，彼此不适合，相爱难相处，煎熬了。这样的爱情大不了就分开。

失恋，你想哭就哭吧，我理解你的心情。

你还记得吗？

我说过，人不能被别人控制感情，一旦这样，自己会变得左右为难。

我想你要走出他的世界，重新开始自己的生活，只有这样，你的心情才不会太难过。若你还放不下，到最后痛苦的还是自己。

3

我想对你说，你在爱情里失去的，上天会用另一种方式偿还你。所以，只要你耐心点儿，你就能以45度仰望不一样的爱情。

我很久没恋爱了，也慢慢忘掉了那种感觉。有天你再恋爱了，悄悄告诉我，你遇见的那个人也许他可以陪你走过这一生。

美好的爱情是摆渡人的港湾，来来回回就是为了靠岸。最好的爱情呢，就是可以陪你走完这一生。

失恋都不是事，听我一句话。

请你相信吧，现在学会一个人好好爱着自己，心疼自己，总有一天你的失恋都会成了你的怀念。

你也该明白失恋的自我安慰：

没关系啊，最好的爱情在路上。

不是所有的爱情都会陪你一起到老

当我们遇见了真爱，这一生，我们义无反顾走下去，
永不回头，请记得幸福。

1

在KTV，阿猫点了一首歌，一首抒情的歌，他却撕心裂肺地唱着："希望你能爱我到海角天涯，我一定能陪你到海枯石烂……"

我嗑着瓜子，看着阿猫，我摇了摇头，又一个失恋患者。

阿猫失恋，这是全世界都知道的事。

阿猫失恋那天刚好是台风"妮妲"登陆的前三天。那时，我待在家里，边玩着手机边看电视剧。我突然接到阿猫打来的电话："喂，鲁哥！过来好时光KTV，我请你唱歌。还有，我失恋了。"

若是单纯唱歌，我是不会出门的。一想到阿猫失恋了，作为哥们儿的我该过去安慰一下他。

挂断电话，不到五分钟。

我收到了一条短信提醒：省政府应急办、省三防办、省气象局提醒你：8月1日—3日，今年第4号台风"妮妲"将给本地带来大暴雨和10级至12级大风。请密切留意台风有关信息并做好防御。

我心里凉了一大截，居然有台风登陆啊！

我把一辆蓝色摩托车从家里推了出来，我已经下定决心，狂风暴雨我都要去赴约。

我骑着摩托车前往好时光 KTV。上天还是眷顾我，我顺利地来到好时光 KTV。

我偷偷地瞄了一下点歌系统，阿猫点了好多情歌，我暗想，阿猫失恋真变态，点了那么多首情歌。

阿猫对着屏幕看着歌词唱着唱着，他突然坐到沙发上，搭着我的肩，哥们儿，点歌唱几句吧，不要只埋头嗑瓜子。

我一只手嗑瓜子，另一只手拿着鸡脚。我笑了笑说，你失恋，好好唱歌发泄一下吧，我管吃，哈哈。

阿猫嬉笑着说，这样不行。我失恋大过天，你要听我的，唱首歌来给我听听。

我拗不过阿猫，吃完手里的鸡脚，在桌上找纸巾擦拭了手说，好，恭敬不如从命。

犹豫了一下，我叫阿猫帮我点一首《我的好兄弟》。

"朋友的情谊啊比天还高比地还要阔，那些我们一定会记得……"

我天生唱歌五音不全，唯一唱得用心的是关于友谊的歌。

阿猫情不自禁地给我"啪啪啪"地鼓掌。

其实，KTV 除了我在，还有阿猫三四个朋友，只是我不认识他们。

阿猫把我隆重介绍给他们，各位，这是我朋友鲁哥，大学学新闻的，会写一手好文章哦。

我跟他们解释说，哪里哪里，我只是无聊写写东西。

他们向我投来仰慕的眼光。我却羡慕他们，他们有正当职业，而我没有。

我没有告诉阿猫，我大学一毕业就失业了。我没有进入新闻媒体当记者。现在，我只是个无业游民。

阿猫现在比我混得好，自己开间奶茶店，雇用了两三个女服务员。他比较闲，有时到店里看看，但大部分时间跟朋友搓麻将。

2

有时候，我觉得缘分是个奇妙的东西。我和阿猫是小学同学，同班三年，一直到现在我们都有交集。剩下的那些人，一毕业，大部分已经跟我失去联系了，从此没有任何交集。

阿猫个子不高，身体结实。留着中分卷发，笑的时候有个好看的酒窝。

阿猫有点儿自卑，他跟我抱怨："我又矮又丑，我担心以后交不到女朋友。"

我认真告诉他，你如果觉得自己丑就真的丑了，做人要自信。

阿猫似懂非懂，点了点头。

高中的时候，我在学校读书，阿猫已经在社会上工作了。他到工地打杂。后来阿猫经验丰富了，他当起包工头。阿猫在工地上辛苦混了三年，攒了点钱，然后没再干工地活了。

阿猫不干工地活那年，他去了云南旅游。出发前，阿猫发短信告诉我他去云南旅游了，看能不能有艳遇。

我不知道该说什么好，只是回了阿猫一句，祝你一路顺风，梦想成真。

阿猫艳福不浅，他在云南真的碰到了艳遇。

他把艳遇的事告诉了我，我瞪大眼睛始终不相信。直到阿猫在微信上发合影照片，我才信了。

"你好幸福哦！"我祝福他。我好奇地问阿猫，你们到底怎么认识的？

阿猫告诉我，他微博搜索附近的人，然后就约出来一起玩了。他们在一起玩了三四天，去过大理、丽江。

"那两个人怎么在一起的啊？"

"想在一起就在一起，何必太复杂。"

阿猫拍拖从来没有在我面前炫耀过他的幸福。阿猫也不发好友圈，如果他不说，很多人都以为阿猫还单身。

我忍不住问阿猫，你为什么不晒一下你现在的幸福？

阿猫说，我们都忙着幸福，哪有时间晒。有些东西不必要说，自己知道就好。

那是我听过的最好的情话，我们都忙着幸福，哪有时间晒。

阿猫不晒幸福，晒了失恋。

3

我以为阿猫和他的女朋友会结婚的，我还憧憬着给阿猫当伴郎。

谁知道，他们却分手了。

在 KTV 的时候，我没有当面问阿猫为什么会失恋。他的朋友在，我不想让他难堪。

KTV 后，曲终人散了。

那时天色已黑了，阿猫留住了我，上我家过夜吧，一起叙叙旧。

当然，我留下。

记得以前念小学的时候，我去过阿猫的家，那时他家还是砖瓦房，破破烂烂的。现在完全都变了，阿猫的家已是五层精装修的别墅。

阿猫收拾了一下屋里的杂乱东西，给我预留了一间客房，今晚你睡这间房吧。

我点头，然后跟着阿猫到三楼客厅沙发上坐了一会儿，聊天叙旧。

阿猫从口袋掏出来一盒烟，取了根出来，吸着烟，吐着烟圈，随口问我，对了，你之前的女朋友呢，还处吗？

我失落，早就分手了，现在哪有什么女朋友。

我顺便打开烟盒，取了根烟，也吸了起来。

阿猫很诧异，他没有想到我也分手了，还学会抽烟了。

我淡定地说，人都会变的嘛。

阿猫呵呵地笑。他感慨，知道我以前念书那会儿是个好学生。看到有人在面前抽烟，我都会捂着鼻子走开，现在真的不同了。

"我问问你，你和女朋友为什么分手了？那段时间我还听说你准备结婚了。"

"我们不合适吧。她嫌弃我太大男子主义，不够迁就她，爱她。她说受不了我这样，她只能离开我。我倒是想要结婚，可人家要离开，我怎么结。"

"怎么不挽留她啊？"

"我挽留了好几次，她执意要分手。说两个人不磨合好以后迟早会互相折磨，不如早点儿结束好。"

……

4

如短信所提醒，妮妲台风来了。

我留在阿猫家过夜那晚，狂风骤雨，大风一直吹啊吹。

凌晨两点。

突然停电了，阿猫在桌上找到手电筒，那手电筒照亮了整个客厅。

"老实说，和你聊了那么久。我想问你，到现在你还相信爱情吗？"我问。

阿猫坚定地说："我还相信爱情啊！只是我不相信所有的爱情都会陪我到老。"

"会有一直到老的爱情。"

"那是什么？"

"我知道，那是真爱啊！"

多年以后。

我听说阿猫很少和朋友搓麻将了,他把大部分时间用在经营奶茶店上。半年后,他的奶茶店已经开到第八家分店了。

有天,我从广州回到老家,见到阿猫,阿猫激动地对我说:"兄弟,我要结婚了,年初八,到时记得过来!"

阿猫结婚,我参加他的婚礼。阿猫西装革履,梳了一头好看的头发,他端着酒杯,领着新娘一起在酒桌敬酒。

阿猫红着眼睛说道:"谢谢爱情,今天我很幸福,我娶了一位美丽的新娘。"

当我们遇见了真爱,这一生,我们义无反顾走下去,永不回头,请记得幸福。

你爱情里的过客不是我

你爱情里的过客不是我,你是我想要走到最后的爱情。

1

帅帅失恋,他约我到"说好的酒吧"喝酒解闷。

"难得你失恋一场,我陪你到底。"

老实说帅帅谈一场恋爱也不容易。他追了女朋友花花两年,两个人最后好不容易才在一起。我那时羡慕帅帅,有个女朋友爱着真好啊,多少有个陪伴。哪像我,这么多年一直都单身。

帅帅是个比较腼腆的男生,但他有才华,会弹钢琴。当年帅帅把花花追到手,靠的就是弹了一首好钢琴。

那是在高三毕业告别演出上,帅帅在舞台上表演钢琴弹奏并演唱。开场前,帅帅面对着台下五百多号观众说了这么一句话:这首歌是我为喜欢的女生写的,我想告诉她,我喜欢你,我爱你。

随后,台下不由自主地响起热烈的掌声,帅帅准备演唱时,全场安静了下来。

我不是情歌小王子

可我想和你说段情话

那时我们没有在一起

我坐上绿皮火车 开始一个人旅行

你留在广州 我走在云南的路上

走到路上

沿途经过的风景 我想起了你

想和你在一起 我们却没有在一起

在大理

我一个人的走走停停

心里的落空

才发现 你不在我身边

我想 如果你是爱我的 多好啊

和你一起牵手旅行

逛古城 到洱海边看日出日落 在苍山上遥望远方

我回到一个人的生活

孤独寂寞

缺了独一无二的你

你问我什么时候回来广州

我说不知道

一直没有告诉你

有天我会回来的

想到和你在一起 我会回到你逗留的城市

义无反顾
像初次相遇爱上你的感觉
情不自禁 甜甜的 像最初遇见你时的怦然心动
如果你也是爱我的
我们在一起
说给你的情话
你若听见
我一直在等你
不离不弃
一直到老

  帅帅把歌曲唱完了，他深深地吸了一口气，向台下观众示意，说了声"谢谢"。最后，帅帅失落地离开了舞台。我知道，帅帅以为会等到花花给他回应。可惜没有，演出结束了，他始终没有等到。
  当然，故事还是有点儿滑稽。花花的室友把帅帅演出的视频给了花花看，告诉花花说，那个追你的痴心汉在演出时向你表白耶，并且为你写了原创的歌曲。花花，你难道没有看到吗？
  花花确实没有看到帅帅的演出。帅帅演出那天，花花刚好去参加朋友生日聚会了。
  花花知道，帅帅对她的爱是用心良苦啊。

2

  后来，花花和帅帅在一起了。

花花和帅帅在一起的时候,我问他们,你们当初怎么走在一起的?

他们相互对视,帅帅笑了笑,想到在一起就在一起了呀,没有任何的理由。

是啊,爱情的开始不就是两个人想到在一起就在一起吗,何必有那么多的理由。

那时候其实是花花心软了,她没有想到帅帅会追她那么久,更何况帅帅是个老实巴交的人。想到这点,花花才答应了当帅帅的女朋友。

我不知道是不是恋爱的人都喜欢发牢骚,以前没有恋爱的时候,帅帅在我们寝室的人很少说话,就只会埋头看网络钢琴演奏视频。室友们跟他说一句话,过了一分钟,帅帅才会反应过来,啊,你刚刚说什么……

恋爱了,帅帅完全变了另外一个人似的。你问他话现在会秒回了,还时常问大家:我今天穿着搭不搭配?

帅帅的恋爱让我明白一个道理,恋爱中的人爱打扮自己,希望把最好的一面呈现给对方。

那时帅帅跟我都喜欢打篮球,我们晚饭后会抽空到球场打篮球。帅帅恋爱以后,我们从此很少打篮球了,他大多时间陪伴他的女朋友。

3

他们很幸福。我总看见帅帅为花花做的每一件事。不爱购物的帅帅开始为女朋友网上购物，买精美礼品、衣服……花花喜欢吃零食，帅帅就买了一大堆。花花生病了，帅帅第一时间陪伴在花花身边。

让花花感动的是：他睡的枕头是他们之间的合照，漱口的杯子也是他们的照片。那些都是花花送给帅帅的。

帅帅觉得，看到照片，他们仿佛二十四小时都在彼此身边，时时刻刻相爱着。

那段时间，我被帅帅虐死了。原来谈恋爱是这么美好的事，我突然也想谈恋爱了。可我思想传统，我一直相信我会在对的时间遇到那个想要在一起的人。我不知道什么时候会遇到那个她，若遇到了，我会奋不顾身去追她，像帅帅追求花花那样执着。

我曾经以为他们会一直相爱着，哪怕大学毕业了，都会一直走到最后。

最后呢，他们的爱情无情地凋谢了。

我不知道他们为什么会分开，我也不想过问太多。我想他们大概是累了，不爱了就分开了吧。

4

帅帅在失恋的那段日子里，绝望地在狂风骤雨下呐喊，哽咽，发出"爱情，骗子"的声音。

我把他从大雨中拉了回来。

生活不是拍电影，淋雨生病也是折磨自己。

帅帅还是想通了,没有爱情生活要继续啊。

帅帅开着电动车载着我,把车开得很快,我知道他内心很痛苦,毕竟失恋比天都大。我破口对帅帅喊道:"哪怕失恋也要好好给我开车。"

帅帅把车速慢了下来,我说,转个弯,右转直走,酒吧就在眼前了……

我不知道帅帅进入酒吧后会不会喝到酩酊大醉,摇摇晃晃。

我们可以喝醉,但不能让生活过得要死要活。

5

到了酒吧。

现场载歌载舞,喧嚣。

"喂,帅帅啊!我问你啊,你们在一起两年了,怎么说分就分了?"

帅帅指着我,沉闷地说,"你不知道啊,我的女朋友背着我和另一个俊男在一起。我原以为可以控制自己冷静下来,但她告诉我,我只是她爱情里的过客,我们不适合。我实在受不了,就说分手了。"

我惊愕,原来……

花花再也没有找过帅帅,帅帅也把花花所有的联系方式都删掉了。

帅帅绝望地把枕头和杯子都扔进了垃圾桶,一切结束了。

帅帅没想到：明明相爱，到最后还是分开了。

帅帅走在嘈杂的街上，他说：我不恨她，谢谢她陪我走过的美好时光。我们分手做不成朋友，可回忆在。

从酒吧回来以后，帅帅给花花编辑了一条短信：你的爱情里过客才不是我，你是我想要走到最后的爱情。

那条短信，帅帅始终没有发出去。他知道，岁月总会留出时间，去遇见该见的人。

我一直单身，从未超越

我一直单身，从未超越。
下一秒，我超越了，我想那是我期待已久的爱情呀！

1

"你拍拖了吗？"
"你怎么现在还是一个人？"
……

高中三年的同学罗强一直在追问着斯麦的情感状况。斯麦无可奈何，失落地说道，我一直单身，从未超越。

罗强和斯麦是高中同学，寝室里睡了三年的上下铺。他们的关系一直很好，学习上互相帮助，一起上学，吃饭……高考之前，罗强和斯麦打赌，上大学谁拍拖了，就给对方讲爱情故事。

在高中的每年夏天，天气炎热，罗强和斯麦都会光着膀子坐在宿舍门外，买上一两个大西瓜，大口大口地啃着西瓜，看着校园内路过的漂亮女同学，说走在街上的女同学终究有天会成为自己的女朋友。

那些路过的女同学终究没有变成他们的女朋友。他们渴望恋爱，可最后还是没有成为恋爱的主人公。

高三那年，是一个煎熬的时期。斯麦在班上暗恋一位女生，可他始终不敢说。因此，斯麦除了承受高考复习的压力还备受相思之苦。不过罗强还好，他没有喜欢的人，只是爱开各种各样的玩笑，属于无所事事，疯疯癫癫那种人。

高考结束，在罗强的怂恿下，斯麦还是向他喜欢的姑娘表白了。斯麦把他高中三年唯一获得的荣誉《无偿献血证》用精美包装弄好，在包装上写了一句话：我决定为你献出我的热血，像我的心一样火热，当我的女朋友吧。

不过斯麦还是遭到他喜欢的姑娘拒绝了。被拒绝后斯麦才明白，有些爱注定不能在一起，感动不一定是爱情。

2

斯麦是高个子，又瘦又黑，虽然念的是理科，但他有颗文艺青年的心，有时喜欢写点文章发表在网络日志上。要不然，斯麦和喜爱的姑娘表白的时候也不会这么有文采。罗强呢，肥胖，却是一个十分爱运动的青年。他们高中三年只吵过一次架，是为 NBA 总决赛竞猜谁会取得总冠军而吵得不可开交。

斯麦和罗强友谊深交是建立在篮球上的。一到晚上放学，他们就很兴奋地冲回寝室，换好球衣抱着篮球到球场霸场、组队，上演真实的"无兄弟不篮球"的团结力量……

高中岁月是疯狂的。

他们一起熬夜泡网吧，在教室，狼狈在成堆的复习资料、做不完的练习题、补不完的课中……

高中一毕业，他们在不同大学生活，斯麦和罗强之间的联系也逐渐减少了。

3

上了大学，这些年，斯麦还是一个人。在大学校园，斯麦除了学习电子商务专业知识，还在校园搞起了自主创业，租了一间小房卖起了水果。有时候自己要外出选货源，忙这忙那。不过麦斯也没有忘记他的好同学罗强，他时常会刷新罗强的好友动态看他在干吗。只是麦斯从不给罗强点赞评论，斯麦知道，一旦他点赞了，就会收到许多的共同好友的消息。斯麦清楚，他的时间不可浪费在这，他想趁着年轻好好奋斗，不然自己会遗憾。

罗强和高中时一样，玩心重。你在他的好友圈动态会发现，罗强的动态全是吃喝玩乐。不过斯麦没有想到，和罗强三年不见，他瘦了下来，这一切都归功于罗强坚持每天到健身房增肌减脂。

斯麦好奇地问罗强为什么这么努力减肥。

罗强信心十足地对斯麦说，我努力减肥，想变成更好的自己啊。等那个时候，我就可以追求我的爱情喽。

"你不减肥不是也有女孩子喜欢你吗？你好友圈都有好多异性朋友和你一起玩……"

"那也是我的好朋友啊，我们只是玩得好，无关爱情。"

一说到爱情，斯麦高中的表白失败让他想起了爱情在心里的定义：只有两个人互相喜欢的爱情才是爱，如果只是一个人的喜欢，再怎么努力也没用。

不过上了大学，斯麦觉得一个人生活挺好的，想多自由就有多自由。慢慢地，斯麦开始习惯了一个人。

4

有一天，罗强突如其来在好友圈晒了一组照片，罗强和一个漂亮女生的亲密合影，他们十指紧扣，幸福地偎依在一起。罗强图文并茂地说：这么多年，我一直单身。我等待那么久终于可以迎来我的爱情。我好好珍惜，会好好地相爱……

斯麦仔细看了罗强的动态，高中同学几乎都给罗强点赞了。斯麦看了一条同学的评论：小强的幸福来之不易啊，祝福……

罗强恋爱了，作为罗强的死党，斯麦给罗强发了个微信红包99.99，附言说：记得幸福哦。

他们还记得曾经那个誓言，大学谁拍拖了，谁就要给对方讲爱情故事，关于他们相爱的故事。

5

罗强给斯麦讲起了他的爱情故事。

罗强和周清是在大学社团文化节上相识的。罗强当时在摊位上摆摊，他看到一位姑娘在眼前，名叫周清。周清在他的摊位附近不知所措地站着看其他同学玩互动游戏。罗强知道周清的心思，这游戏起码要两个人一起才能完成，罗强细心留意了一下，她是一个人过来的。

这时候，罗强大方地站了出来，说："嘿，同学，让我和你一起玩游戏吧。"

当然，周清也不羞涩，很爽快地答应了罗强。

我们可以看到这样一个画面，罗强和周清两个人每人拿着一支筷子，在双方有默契的配合下，慢慢地夹起骰子，可不一会儿，骰子便掉了下去……（夹骰子游戏规则：在规定的一分钟内，两个人协作，互相用单手配合夹满七个骰子，即可获得精美的校园明信片。）

他们最后没有获得明信片，但罗强结识了周清，相互留下了微信。

从那以后，罗强主动找周清聊天，一有时间就约周清出来吃饭，约了四五次，周清才答应罗强出来了一次。

在罗强印象中，周清娇小甜美，是个有想法的女生。周清很少和朋友出去活动聚餐，她在大学也只是参加了个文学社社团，周清大多时间待在宿舍看专业书。她这么做最大的目的是想学好知识，以后在工作中可以运用上。

"既然她是个热爱学习的人，你怎么追到周清的？"

罗强说有次他去桂林阳朔西街旅行，第一时间想到了周清，于是给她寄了好几张当地特色的明信片。

当周清意外收到罗强寄给她的明信片，对他的态度好了很多。

那时罗强才明白，要想追一个姑娘必须要懂她的心。

从那以后，罗强不着急，慢慢了解周清后，他才开始向周清发起了爱情的进攻。

罗强知道周清最大的爱好是泡图书馆。于是,罗强故意跑到图书馆,每次假装与周清邂逅。直到后来,他们慢慢开始互生情愫了。

罗强向周清开口表白,罗强对周清说,我不想一个人过我的大学生活了,我想和你在一起,我们一起泡图书馆,一起学习吧。

罗强比斯麦走运,周清答应了罗强。

罗强和周清的恋爱平淡实在。他们在一起两个月始终没有吵过一次架。

斯麦问罗强,你平时打篮球不是有暴脾气吗?你为什么没和周清吵过一次架?

罗强坦诚地说:"我不是没脾气,只是不轻易发脾气,特别是对自己爱的人。"

他们确实是好好相爱。

斯麦羡慕罗强,那些年他俩一直都过着单身的生活,现在好朋友拍拖了,想到自己是一个人,内心难免有些孤独。

6

斯麦在网上订了一张广州白云机场飞往昆明长水的机票。

斯麦说他想出去散散心,看看外面的世界,走走停停。

他希望在旅行的路上奔走,也许值得拥有的东西,是在行走的路上。

我一直单身,从未超越。下一秒,我超越了,我想那是我期待已久的爱情呀!

别轻易相信爱情会到永远

我曾经以为会有一个人出现在你生命里,你为ta着迷,疯狂。
两个人相爱了,就会相信爱情到永远。
可分开了,我发现我错了。

1

橘子失恋了。

橘子的男朋友萝卜劈腿了,喜欢上了别的漂亮姑娘。

橘子和萝卜分手那天,她狠狠地扇了萝卜一大巴掌,大骂了他,你这该死的渣男,赶紧从老娘的生命里消失。

橘子说得如此心狠。可回到寝室,橘子抱着枕头失声痛哭。没人知道她内心有多么难过心痛。橘子以为爱情会陪伴她到永远,可现实呢,她始终没有想到萝卜会背叛她,她把满脸的泪水擦干,约上舍友出去喝酒买醉。

橘子想起和萝卜在一起的时光,忍不住把回忆里的电影重播一遍。

大一时,在一个热闹的夏天,橘子作为新生来学校报到,是萝卜热心帮她。橘子起初并不怎么注意眼前这位男生,只是和他道了一声谢谢就匆匆告别了。橘子没有想到,她报的大学学生社团吉他社的社长是萝卜。就这样，他们认识了。一开始，橘子以为她和萝卜没有什么交集。可橘子没想到他们很聊得来，有说不完的话题。萝卜令橘子感动的是他每天都会坚持给橘子道晚安。

2

萝卜是橘子的师兄，也是她的吉他社社长。在橘子眼里，萝卜是个有才华的人。吉他弹唱一流，还会独立创作原创歌曲。萝卜给人的感觉就是有种放荡不羁、潮流百搭、一身酷炫的摇滚风。橘子忘不了初心，她进吉他社是为了学习吉他，能跟萝卜这样有才华的人相识，橘子感到特别庆幸。

橘子从小有个梦想，她想有一天站在舞台上弹奏吉他，当个出色的吉他手。现在机遇刚刚好，橘子可以多跟萝卜学习吉他。

从进入吉他社那天起，橘子开始拼命学习吉他，把一本吉他版教学书看了一遍又一遍。不懂的时候，橘子就跟着萝卜学。

在橘子吃力学习吉他的时候，萝卜看她的样子很深情，这让橘子觉得有点儿难堪。橘子知道，当一个男生这样看着你的时候，他往往是"不怀好意"的。橘子放下了吉他，好奇问萝卜怎么这样看着她。

萝卜是个情场老司机。他什么都不说，只见他拿起旁边的吉他，朝着橘子深情款款地弹奏了一首《情非得已》的高潮："只怕我自己会爱上你，不该让自己靠得太近，怕我没有什么能够给你……"

萝卜顺势抓起了橘子的小手，我喜欢你，我们在一起吧。

一般在这种情况下,女生都会选择矜持。可橘子不一样。她敢爱敢恨,更何况橘子也欣赏萝卜的才华。橘子没有太多的顾虑,想到萝卜对她挺好的,她幸福地笑了,她答应了萝卜的表白。

3

橘子是个清艳脱俗,香肌玉肤的姑娘。高中读书有挺多男生追求她,可她看都不看一眼就无情拒绝了。橘子有自己的原则,她喜欢比自己优秀,有才华的男生。以前追她的那些男生都是学校里的小混混,整天无所事事,这让橘子很反感。橘子庆幸在大学校园认识了萝卜。橘子知道,她心仪的男生就该像萝卜这样优秀,而萝卜刚好符合橘子的标准。

橘子和萝卜在一起的时候,橘子是幸福的。萝卜会在她寝室楼下给她送水果,会在新电影上映的时候买好了电影票约她去看电影,会在晚上陪着她到学校的田径场夜跑。更令橘子难忘的是萝卜给她写了一首原创歌曲,弹起吉他弹唱诉说对橘子的情意。

只是橘子没想到,萝卜为她做过的这一切,也偷偷地背着她对另外一位女生做了。橘子被蒙在鼓里,只是暂时不知道。

4

大二。

橘子如愿以偿登上了她想要的舞台。

我记得,那是个小小的舞台,台下观众大概有两百人。萝卜是乐队主唱，橘子担任吉他手，橘子站在音响旁，边摇头弹着吉他，边跟着节奏，酷酷的模样，配合萝卜完成了一首《情非得已》。演唱完后，场下响起了雷鸣般的掌声。这场景，橘子期待了很久。橘子忍不住看了看萝卜，她知道她之所以能站在这舞台，是因为萝卜的功劳，是萝卜教会了她弹吉他。

之后，橘子一有时间就跟着萝卜到学校六公里外的酒吧商演。

那时候，橘子感觉特幸福，能和喜欢的人一起玩音乐，没有什么比这幸运。

好景不长，橘子终于发现了萝卜的问题。萝卜和其他女生玩暧昧被橘子发现了，萝卜努力跟橘子解释说，这是普通师妹，她只是和我探讨音乐上的问题。

橘子是个软心肠，她知道萝卜是真心爱她的，他们或许真是在探讨音乐上的东西。

有一次，橘子的舍友说看到萝卜带着一个陌生的姑娘，两个人单独骑着电动车出去玩，关系暧昧。橘子打死不相信，萝卜不会背着她干这样的事。毕竟，萝卜对她那么好，这样的事只有渣男才能做得出。

5

萝卜确实是个渣男。在没有和橘子在一起的时候，他是有女朋友的人，只是他的女朋友在异地，没和萝卜同一所大学。

我只能说，橘子只是萝卜的爱情替代品。

有一天出现了这样的场景，这镜头比青春电影狗血。萝卜对着一个橘子不认识的女生弹着吉他，弹着橘子熟悉的《情非得已》，说了一样的告白，把那女生哄骗得团团转。那女生和橘子一样，主动地投入了萝卜的怀抱。橘子发了疯似的，朝着萝卜怒骂："这是怎么回事，你给我说清楚……"

橘子自然知道，萝卜用这样的方式不知道哄了多少女孩子。

橘子现在才想起，怪不得萝卜好友圈从未晒过她与萝卜的合照，甚至有时候萝卜跟他朋友介绍橘子的时候，说橘子是他的朋友，而不是女朋友。

橘子的心被撕碎了。

总听说大学恋爱不靠谱，要小心翼翼谈感情谈爱情。现在橘子终于相信了，大学里的爱情只能怪自己瞎了眼，爱上了以为会走到永远的那个人。

橘子和萝卜分手了。她撕毁了她曾经和萝卜看过电影的电影票，删掉了他们的合影。那个最初陪伴她练吉他的练习室她也不去了……她最不想看到的是萝卜那张虚伪的面具，爱情骗子。

橘子也没想过萝卜会缠着她求复合，萝卜说他会改，以后只爱橘子一个人。

时光再也回不去了。

橘子再也不想相信，一个和你在一起的人背着你和其他人谈情说爱，这是恋人不能容忍的事。这样的爱不值得，干脆选择离开放手。

6

橘子和萝卜分手一个月后。

橘子更新了一条好友圈动态,橘子说,我还相信爱情,可我不轻易相信会到永远。

我迅速给橘子点了个赞,说,我的爱情一直在路上,只是未曾拥有。

消失的爱情，你就当我深爱过

我从来都不后悔去爱，消失的爱情，你就当我深爱过。

1

我失恋了。

我把失恋的消息告诉阿胖，我以为阿胖会苦口婆心安慰我，结果没想到阿胖冷漠地对我说了一句话："失恋又不是失禁。青春的日子里谁没失恋过，你就当爱过好了。"

阿胖和我是合租室友。他人高马大，戴着一副眼镜。阿胖在广州某餐饮业当服务员。而我则是一名待业青年。

我闷闷不乐，一脸沮丧地对阿胖说："我心情不好，你陪我去喝酒买醉吧！"

阿胖都没正脸看我，他躺在床上用手机专注地打着麻将，有气无力地对我说："不去了，明早要上班。"

我没有说话，直接走出出租房，跑到附近小卖部买了几瓶啤酒和花生。

当我回来的时候，阿胖还在继续打麻将。这时候，阿胖主动和我说话。他说，失恋就少喝酒吧，伤身体。

我"嗯"了一声。

这时的我早已撬开了啤酒盖,然后跟阿胖说,过来喝啤酒。

他拒绝我。阿胖说,你自己喝吧,我要打麻将。

我喝着酒,吃着花生。突然想抽口烟解闷,但烟没了。

"阿胖,有烟吗?给我来一根!"

这时,阿胖打完麻将。他突然从床上抽身起来,不耐烦地说,你失恋糊涂了吗?我不抽烟,哪来的烟?

我苦笑着对阿胖说:"对不起,我忘了。"

阿胖够意思。他之前说不喝酒,最后还是陪我喝了。

阿胖喝了一口酒,意味深长地对我说:"我觉得你应该学会抗压,你失恋,整天是一副没有状态的样子,那多没精神。再说你现在也没有工作,先把失恋放下,好好找份工作。"

说到工作,我很狼狈。刚从大学校园出来,初入社会,我什么都不懂。前段时间我去应聘了一家不错的传媒公司,以为自己一腔热血可以投入那里工作。谁料我目光短浅,考虑待遇问题,最后忍痛割爱了。

我重新找工作,面试了一家又一家公司。结果,我都没有找到自己喜欢的工作。

后来走投无路了,我工作没找着,钱也花了。那时,阿胖刚好辞职,于是我们一起在广州城中村合租了房子。现在,阿胖工作步入正轨,而我还是处于无业游民状态。

阿胖把我骂得好,他说,现在工作不好好找,哪有钱生活?

确实，我现在的生活过得拮据，有时一餐吃不饱，晚上睡觉半夜还会饿着醒来。

他重复和我说，要不你来我那里上班吧？

我没有答应他，继续在茫茫人海中寻找工作。我到最后实在撑不下去了，最终在我们出租屋附近当了大排档服务员。

2

那份服务员的工作，我干了刚好一个月。中秋节那天，我辞职了，没有要半个月的工资，就颠颠地跑了。

阿胖得知我辞职的消息，大骂我傻，那么辛苦工作，工资都不好好结算就跑了。

我释怀地说："起码要了半个月的工资。我该庆幸，不然待在那里整天都受气，会憋死我的，抑郁成病。"

我抱怨说："你知道我之前想离开那里有多不容易吗？我想走，老板不肯放我走，他说要招到人才放我走。为了离开，我连自导自演的天赋都脑洞开了。我说女朋友要我去深圳陪她一起工作，不过去就分手。"

阿胖忍不住插了一句，你女朋友确实是在深圳啊……

我阻止阿胖，继续说道："我最后把短信故意给同事看了。同事也传达到老板那边，老板看到了，他还是不让我走。"

中秋节不到三天，我和女朋友真的分手了。

我觉得生活就像一场电影，所有的情绪除了给观众，还留给了自己。

阿胖用手机播放了一首歌曲《兄弟抱一下》，我喝着酒，差点儿哭了。阿胖说，没事，兄弟。站起来！

我没有抱阿胖，而是拍了拍他的肩说，我知道。我会好好的，会好好过自己的生活。

啤酒不知道什么时候喝完了，只剩花生散落在桌上。

阿胖感慨地跟我说："以前听你说，等钱赚够了，你就带你女朋友去旅行，去她喜爱的厦门鼓浪屿。现在你们……"

阿胖心里有着问号，我知道，他不知道我为什么分手了，失恋了。

给我买包烟，我说给你听。

阿胖给我买了一包泰山回来，我吸着烟，吐着烟圈，故事就这样开始了。

3

说到失恋。

我想过我们爱情故事的结局，以为可以走到尽头。没想到，我们的爱情，我只猜到了开头，结局却是意想不到。

第一次认识我的女朋友悦珍，是发生在大学校园的事。

那年大一，我在图书馆认识了她。那时，我在大学图书馆当图书馆管理员，大部分的时间都待在那儿，看过形形色色的人来图书馆看书、借书、还书，人来人往。

有天我在图书馆值班，突然下起了很大的雨，大雨滂沱，电闪雷鸣。

图书馆要闭馆了，我对着馆内的读者文明地说，同学们不好意思，到时间闭馆了。请……

我扫视了一下四周，馆内只剩下一个女同学。只见她匆忙地收拾了东西，她把借阅的书籍放回原处，还了借书卡。

那时还没认识悦珍，我只知道悦珍是个喜欢阅读的女生。我留意过她，看书的时候喜欢用小本子做读书笔记，有时一个人看着书在思考，好认真的样子。

悦珍比我提前离开了值班室，那时我以为她回去了。当我闭馆下楼的时候，我看见悦珍站在图书馆楼下。

下雨了，阻挡了一个人要去的方向。如果想浪漫，请尽情往雨中奔跑吧。

悦珍没有选择浪漫。当时不知道怎么回事，我居然鼓起巨大的勇气走到她面前，我有伞，我送你回去吧。

我以为她会拒绝我，毕竟我们素不相识。

意想不到的是，悦珍没有拒绝我。反而给了我一个惊喜，开心地和我说："好啊，谢谢你。"

就这样，我在雨中撑着伞，她在伞下，我们肩并肩走在雨中小道上。

我没有说话，专注撑伞，她见我沉默，只是紧抱着小书包。

走了不到两分钟，我开口说话，对了，你宿舍在哪？我送你到宿舍楼下吧。

"十栋。"

我会意地点了点头。在大学入学之前，我是个路痴。走在校园都担心自己会迷路，做了一个月兼职外卖小哥的我，现在基本不担心这事了。

到了悦珍宿舍楼下，她很礼貌地说了一句谢谢。我憨笑着回了一句不客气，最后我消失在雨天中。

我之后继续在图书馆上班，有次新书上架，我一个人忙不过来，悦珍刚好在图书馆看书。没想到她过来帮我，我很感激。上架完后，她嘻嘻地对我说，不用谢谢我，上次你也帮了我，我们扯平了。对了，我叫悦珍……

我们就这样认识了。我才知道，悦珍是我的师姐，比我大一届，念的是法学专业。

4

从来没有想到我们会有交集。

悦珍二十二岁生日那天，她在微信上叫我晚上参加她的生日聚会。我很惊喜，答应去了。

那晚是悦珍的生日，我不好意思空手去祝福。于是一个人跑去四季优惠超市买了小黄人公仔。

到了KTV，见到悦珍，我把礼物递给她，她满心欢喜说了一句谢谢。

那个晚上，吹了蜡烛，吃过生日蛋糕，悦珍和她的朋友们都在唱歌，我一个人被冷落在那儿，毕竟，我除了认识悦珍，她的朋友我都不认识。

最后我没想到，悦珍看到我不快乐，她对我说："别那么闷，来，点歌唱唱。"

我拒绝，说五音不全，人家唱歌要钱，我唱歌是要命的那种。

悦珍傻傻地笑，哈哈，没关系的。又不是开专业演唱会，大家开心一下。

我难以抗拒，便到点歌系统点了首歌，是陈奕迅的《十年》。

我想，等到我唱歌的时候要等很长时间，我沾沾自喜地玩手机。一个毫无防备，悦珍帮我把歌置顶了上去。

我只好唱了，很用心的那种，深情款款的模样。

歌曲唱完，没想到全场给我掌声，我假装淡定，像歌手开完演唱会谢幕，鞠了一个躬，谢谢大家。

生日聚会散了，走在回校的路上。悦珍对我刮目相看，你唱歌不错呀，真心好。

5

我回到我的生活圈。上课，吃饭，睡觉，有时出去兼职。

之前打开微信，我身边的朋友很少找我聊天，我也很少主动聊。所以，我的微信聊天几乎是空白，我只能刷动态，即使不聊天，我起码也知道他们的现状。

悦珍有过好几次找我聊天。一般都问我在干吗，接着就是聊聊生活琐事。

慢慢地，我们交流越多，了解越深。我开始情不自禁喜欢上了悦珍。

当时我怕这只是幻觉，最后没骗到自己，我是喜欢上她了。

我准备表白的时候，问了问身边的朋友，说我喜欢上师姐了怎么办？我有机会吗？

大多朋友不建议我表白，他们说，现在的师姐基本脱单了，她们好歹入学比我们早，该脱单都脱了……

在我内心深处纠结的时候，我慢慢地抚平自己的内心。想到要为爱情当狗熊，那不是我。

后来知道悦珍的情感状态是单身，于是，我决定为自己的幸福去争取一次爱的机会。

6

我表白了。

在2015年的跨年夜，在广州塔倒数计时最后那一刻，我望着悦珍，从背后掏出了一束玫瑰花，认真地跟她说，我喜欢你，我们在一起吧。

悦珍不知所措，发呆了好几秒。

悦珍认真地看着我，她说："你是认真的吗？还是逗我开心。"

我像小学生戴上红领巾宣誓一样，认真地说："真心喜欢和你在一起。"

时间或许刚刚好，我们在一起了。

7

我和悦珍谈了恋爱。我想到要努力奋斗，我知道，只有我足够优秀，我才能给她更多的幸福。

于是我们约会了，也是和大多数大学生一样吃饭，逛街，看电影，但是我们更多约会的地方是在咖啡店。原因是她说过喜欢在咖啡店安安静静地看书，这是最能让她放松的时刻。

悦珍有一颗文艺的心，我有颗爱她的心。她在哪，我都陪着她。

后来，悦珍比我提前毕业了。她去了深圳，在一家律师事务所实习。

她离开校园的时候，我紧紧抱着她，吻着她的额头，不舍地对她说："你在那里等我，等我毕业了，我去到你的城市和你在一起。"

她幸福地笑着，好，我等你。

煎熬一年的异地恋，一到毕业，我飞奔到达她在的城市。

悦珍问我，你来深圳会打算在这工作吗？

我犹豫地说道："现在还不清楚。因为我答应了广州一家传媒公司的面试……"

悦珍没有再说什么了。

告别深圳，我回广州漂荡，过着颠沛流离的日子。悦珍和我提出分手了。

她说，我们不合适。

我焦急着，我们不合适，那为什么答应和我一起？

她说，我只是想谈一场恋爱，没想到保鲜期会有多久。

我恳求道："别这样好吗？我们要好好的。"

她心灰意冷说了一句："那就这样吧，分手吧。"

直到后来我才明白，一个人决心选择离开，再怎么挽留也没有用。

我们爱情消失了，回不去了。

阿胖听我讲了那么多故事，自然坐不住了，他说，要走的人留不住，心不在你那，自然就不走心了。

"后悔爱过吗？"

"我从来都不后悔去爱，消失的爱情，你就当我深爱过。"

和悦珍分手以后，我的日子过得浑浑噩噩，每天不知道自己究竟该干点什么。我有试过放下，不再想念，可忘不了，忘不了我们在一起的时光。

直到后来。

我工作稳定了下来，在一家公司当新媒体编辑，阿胖还是在老地方当服务员。

突然有一天。

悦珍删掉了我们之间所有的联系方式，我们就这样相忘于江湖。

阿胖追问我:"分手了,怎么不找她复合?"

沉默了许久,我才告诉阿胖。

悦珍一个月前和当地一位商人订婚了,她快结婚了。

我们回不去了,再也回不去了。

第四辑

我想说说话,你在吗

漂泊青春

有时，我们的生活总感觉在漂泊，
我想那是我们愿意为生活而努力活着奋斗着的青春。

1

破旧的宾馆里。

龙哥坐在电脑前津津有味看着抗日剧，我一副瘫痪状态躺在床上，闭上双眼。我身边还有两个伙伴，大杰和帆布。

大杰和帆布今年刚大学毕业，在他们的眼里，我是个老油条，我比他们提前半年从学校出来，经历比他们多一点，只是没多伟大的故事。来来回回折腾，我和他们一样，我们是待业青年。

龙哥呢，我记得第一次在广州文冲站见他的时候，龙哥沉默不语，背着黑色大包，手里还拎着刚买的生活用品。

龙哥是个三十岁刚出头的男人，穿着红色的短袖衬衫，搭上蓝色的牛仔裤，脚下是很潮的运动鞋，长得老老实实的模样。

当时，我们还没认识。我们冷落龙哥，各忙各的。直到龙哥和我们分配在同一间宾馆居住，于是，他成了我们的舍友。

想起之前有个带我们兼职物流分拣的男负责人乔小囧的话，他嬉笑着说："你们不要欺负老实人哦，我把他和你们分在一个房间。"

我跟大杰和帆布互相对视，不约而同地对乔小囧说："不会，我们是老实人。"

后来，我们没欺负过龙哥，他是个老实人，老实巴交。

我们居住的宾馆虽破旧点儿，但挺好的，拥挤的房间里铺了两张大床，可以睡下四个人，有台旧的台式电脑，还有个独立厕所，晚上的时候可以洗热水澡。

我一开始很犯困，但我突然睁开双眼，揉了一下眼睛，我望着龙哥，你还不打算睡吗？不睡会儿等下又要上班了……

龙哥转身看着我，说，现在我还很精神，我看会儿电视剧，你先睡吧。

我摇着头，我精力比不上龙哥，我先睡了，你老人家注意身体。

此刻，大杰和帆布早已在床上呼呼大睡了，我也顺势躺上床，眯着眼睛，不一会儿也睡着了。

我们这次出来兼职是当物流公司的临时工，为期九天，平时工作就是扫描物件和包装。

前面提到的宾馆，是我们临时工的住处。

以前的我从来没有上过夜班，在SN物流中心上了一两天班，我的双眼已熬成了熊猫眼。

我一直以为龙哥比我们能熬夜，现实却不是。龙哥也抱怨着说："宝宝心里苦，宝宝很想说。"

我不禁哈哈大笑，一把年纪了，还宝宝。

龙哥之前看起来是个内向的人，相处不到一天，我们发现他其实是个容易相处的人,开得起玩笑,他很快和我们厮混在一起。

我们居住的地方,在窗外可以看到不远处的天桥,桥底下是川流不息的车流,来来回回驶过。

我们上班会经过天桥,过了天桥要到对面的公路等车搭车上班。

熬不住的时候,我会忍不住埋怨生活,生活就是这么苦,鬼都不知道我们经历了什么。

龙哥开导我,他慷慨陈词:"生活不止眼前的苟且,还有梦和不变的誓言……"

我推了一下龙哥,听你的歌去。

我们好不容易挤上了大巴车。遗憾的是,我们都没有位子坐,只能干站着。

2

SN物流中心门口。

这里聚集了很多民工,各种各样的人都有,有关部门的负责人在前面指挥,对着各自带领的人强调着说:"你们拿的工资在厂里不要和别人比较,每个人的待遇都是不一样的,记得!!"

一开始,我很不理解这是为什么。直到进入物流中心的生产间我才明白,原来,一样的劳力,我们每个人的待遇却是不一样的。

龙哥毕竟是个老江湖,他看透了这一切,不满地说:"这是中介机构压榨我们啊!多赚我们的钱,就是让我们多干活,少拿钱。"

那时,我们刚来到物流生产第一线包装组,这里每个人都穿着不一样的制服和工作牌。我们的制服是橙色的，和环卫工人的衣服相似，我们互嘲，我们是环卫工人，我们劳动，我们光荣。

当然，任何合法的劳动付出都是光荣的，没人歧视。

在物流中心工作，玩了多年手机的我，一下子失去了手机，因为它被放到了生产间外面的小柜子里锁了起来。我突然有些不习惯，但为了工作，我放下依赖手机的习惯。

晚上八点开始上班，十点半吃顿快餐，凌晨四点半再啃个面包加瓶菊花茶，上到早上八点，我们一天的工作就这么过去了。

直到下班，主管打开柜子，他们的手机都放在我的红色袋子里。我去取手机，我以为会和往常一样玩手机，没想到，我心里第一念头是赶车，我们快跑到门外等车吧，不然又没位子坐了。

很可惜，我们很少挤得过人群，有那么一两次，我们坐在大巴车上，都觉得自己很幸运。

有天下起了大雨，我们刚好下班。站在 SN 物流中心门口，我有说不出的心酸，我们辛苦上完夜班，结果一下班就下起雨。那时我们都没有带伞，但还是很豪迈地走在冷雨中。

龙哥站在门外一个角落，眼巴巴望着远方。我知道，那是大巴接送我们下班回宿舍的方向，龙哥在焦急等着大巴接我们回去。

我走到龙哥身边，劝他，龙哥，到门口避一下雨吧，雨好像越来越大了。

龙哥不在乎，没事，我当是锻炼身体。

我不解，"什么？淋雨当是锻炼身体？"

龙哥对我解释说："淋雨可以让我更精神点儿，我一把年纪了，老实说，我三十岁的人了，我第一次出来兼职上夜班，这几天我都累垮了……"

我不禁一笑，既然累，回到宿舍的时候也不休息，老看电视。

龙哥挠了一下头说："回到宿舍打了鸡血似的，一下子睡不着。"

我说不过龙哥，留下了一句话："你就好好站在这等吧，小心别感冒了。"

我回到物流中心门口，蹲下来，玩了一会儿手机。至于大杰和帆布，他们肚子饿了，就在门口附近买了点东西，填饱肚子。

等了快半个小时，大巴车终于来了。我们拖着疲惫的身躯，往大巴车停靠的方向走去，而和我们一起工作的同事，早已一拥而上。

龙哥调侃说："我们是读过书的人，我们当文明人。让他们上吧，挤死他们。"

我和大杰和帆布不禁感叹，异口同声地说："厉害了我的龙哥。"

3

刚到物流生产间的时候，我留意到一个女孩，后来我听说那个女孩叫冬菇。

冬菇亭亭玉立，长发飘飘，样貌清纯。只要是个男人，看上她一眼，都有想和她恋爱的冲动。

龙哥善于发现生活细节，他知道，我有点儿喜欢冬菇。

龙哥赐给我力量，他鼓励说："你是不是对我们厂里的那个冬菇姑娘有意思,每次点名报告的时候,你总眼神痴迷地看着人家姑娘。喜欢就靠近呗,不要尿。"

"哪有,她只是长得好看,我忍不住多看她一眼。"

龙哥摇头,喜欢都不敢说,难怪你单身。

我有点儿闷,我在想:我是不是该勇敢一点呢?

那天,下了班,大家都在等车。我在门口看到了冬菇,我忐忑不安走到她身边。

冬菇疑惑不解地看着我,她问我,你干吗?

我单刀直入:"把你微信号给我。"

冬菇提高警惕说:"我手机没网络,加不了。"

我执着地说:"没事,我手机有网,我加你。"

我和冬菇之前在生产间见过面,只是互相打了一下招呼。

我祈求说:"可以吗?"

冬菇没有说什么了,她示意把我的手机给她,接着在我手机微信点了添加好友,输入了她的账号。

冬菇还了我的手机,说:"可以了,等下通过你。"

朝着冬菇说了一声谢谢,我兴奋不已,说不出来是为什么。

龙哥他们突然在向我招手,我坦诚地对冬菇说:"我的朋友们找我了,有空聊。"

和冬菇告别,我兴奋地和他们集合。

龙哥说一个人若主动了,故事还是会有的。我相信龙哥的话,所以我鼓起勇气要了冬菇的联系方式。

一开始我以为龙哥会全力以赴支持我追冬菇，后来才知道，和我所想的根本不一样。

在宿舍，龙哥坐着床上，摆出坐禅的姿势，摸着他浓密的胡须，认真地跟我说："你这几天里，会经历一见钟情，相识相知相爱。"

我呵呵一笑："你不要骗我，龙哥你会帮我吗？我要追她。"

龙哥笑了笑，说："爱情要靠自己。"

我领悟，跑到宿舍厕所里的镜子前，给自己一个鼓励的微笑："加油。"

第二天，我很难过。我差点儿哭了，想起大杰无情地告诉我的话：恋爱还没开始就已经结束了。

是的，我没机会追冬菇了。原来，冬菇她有男朋友了，哪怕很晚下班，她都会和她男朋友聊电话，冬菇说她很爱她男朋友，她不想和我谈感情。

帆布倒是给我希望，"不定她是骗你的，昨天我还看见冬菇和主管一起出去呢！"

我大感，"他们出去干吗？"

帆布坚定地说："吸烟啊。"

4

我难以相信冬菇会吸烟，她这么好看又清纯的女孩。

帆布反驳我："你不也吸烟啊。"

我说:"男孩和女孩吸烟始终区别很大,你见走在街上的烟民多少是男生,吸烟的女烟民都是稀有高级物种。"

管他吸不吸烟,我只管想知道冬菇有没有喜欢我。

帆布见我不死心,便说:"你还不死心,你直接当面问她啊,真是的。"

有个夜里,我梦见自己犹如电影里的盖世英雄,有一天踩着七色云彩来娶冬菇,可我真错了,我猜中了开头可我猜不着这结局。

后来,我没有问冬菇有没有喜欢过我。我知道她的心不属于我,我的心只是装了她,没有了强烈的爱意。

在生产间一线上,龙哥推着货架,来来回回,我在工作岗位不时可以看到他匆忙的背影。他一有时间也会跑到我工作的位置和我唠嗑。

龙哥嬉皮笑脸地问我:"你和冬菇的故事发展如何了?"

我立马沮丧,说:"我没戏了,她有男朋友的。"

龙哥开导我说:"没事,下次再找。"

自从冬菇知道我的动机后,她再也没搭理过我。想起之前我们见面还会打招呼,现在呢,我们只是路过的陌生人。想想得不到的爱情,结局让人心疼,难过。

我想知道龙哥年轻时的爱情,便毫不犹豫地对龙哥说:"龙哥,你的爱情故事如何?"

龙哥一点都不忌讳我的话,他敞开心扉。

龙哥说:"我有一段刻骨铭心的爱情,那时我们读高中,我们相爱了三年。高考那年，我考了大学，她没继续念书。上大学的时候，临走前，我问我女朋友，你可以等我三年吗？后来，你知道的，我们分开了，女朋友不想继续等下去了，现在的她已嫁为人妻了……"

我记得龙哥手机里有张照片，那是他年轻时和他初恋爱过的岁月合影。他感慨万分，有些爱情一旦错过，便再也回不来了。

龙哥说他在老家汕头去年买了新房，只是房子有了，想结婚了，身边一个爱人都没有。

我认真地对龙哥说："那你还相信爱情吗？"

龙哥天真，眼神充满期待地说："相信啊，我的爱情一直都在路上。"

不过也难怪，龙哥三十岁了，还愿意和我们二十岁出头的人一起工作。不过他跟我们不一样的是，他是在体验生活，我们是为了生活。

我没忘龙哥的口头禅：我已老去，你们还有诗意和远方。

买得起上百万房的龙哥，日子也没有我们想象中过得那么自由自在。

平时下班，龙哥也只是买点简单的食物吃，茶叶蛋、面包和一瓶矿泉水。

我们和龙哥开玩笑，龙哥，你现在房子车子都有了，就差一个女人了。

龙哥轻松愉快地答道：管他呢，缘分这东西很微妙，该来的时候总会来的,不着急。

直到下班,刚走出门口,我难受地咳嗽了起来,大杰和帆布他们也相继咳嗽。

龙哥疑惑不解,他问我们:"你们怎么了?"

我们有气无力地说:"熬了几天夜,我们不小心感冒了。"

5

我们吃不消了,赚点辛苦钱不容易,把身体熬坏了都舍不得买药吃。

龙哥挺心疼我们,关心着我们说:"你们多注意身体,还有两天我们的苦难生活就结束了……"

话一说完,他给我们递过来了感冒药,莫名其妙的,我们感觉眼前的龙哥好温暖。

在我们准备休息的时候,年过半百的男店主粗暴地敲着我们的门,大声地说:"准备退房了,准备退房了……"

我揉着疲惫的双眼,不爽地说:"我们还要工作啊,还有两天才结束工期,怎么就退房了?"

男店主解释说:"是你们的JJ人力中介公司说的,双"十一"狂风已逝去了,没什么活干了,所以……"

一旁的帆布,原来话不多的他不满地说:"这是什么意思?我们辛苦上了夜班,白天想好好休息,现在突然通知不用上班,这到底算什么意思?"

大杰附和道：就是啊，我们都不容易啊，怎么可以这样对待我们？

男店主无奈，劝我们找当事人谈。

我们前方要激战了，没想到龙哥在床上酣然大睡，仿佛这个世界所有的喧嚣都与他无关，龙哥只想安静地睡个觉。

大杰欲摇醒龙哥，和我们一起去找当事人要个说法。我拦住大杰，他太累了，让他歇会儿吧。

我们下了楼，楼下的大胖人高马大，和我们是一个物流生产间的同事。

他激动地说："不做就不做了。我们在这里一天就多受一天的苦。"

大胖指着他的脸说："上了夜班，你看我现在脸上痘痘都长出来了，更奇葩的是，现在我的脸每晚都长一次痘痘。"

我恍然大悟："现在可以不干了，我们就可以多休息了，老熬夜，身体迟早会垮。"

大胖抽着烟，给我递了一根，我们一起吸着。

大胖大骂道："我在电话那头跟乔小囧说了，乔小囧说我们今天下午一定要从宾馆搬走，工资比之前少了一块钱一个小时，工资离岗一天后发。"

帆布又说道："我们要不要搞事？游行示威啊，争取工资利益的最大化。"

我骂帆布："你以为这是拍电影啊！"

帆布没有说话，只是笑了笑。大胖鼓舞士气说："我们可以团结起来啊，闹起来。"

我们之前把计划聊得好好的，说拒领工资，少一分就找有关部门投诉。

但是后来，我们各自遣散回去后，说好的计划早已忘得一干二净。

龙哥最后还是被我们吵醒了。我们告诉龙哥真相，我们不用上班了，现在可以立马走人了。

龙哥期待听到这消息好久了，二话不说就收拾了行李，跑去厕所洗了洗脸。

走在归途上，天桥上有个高中生模样的女生跪在地上，黑色牌子上几个字"求四块搭公交"，我摸了一下口袋，想奉献爱心给她，但是，我没钱，口袋里一分钱都没了。

龙哥在我旁边走着，我问他："龙哥，有钱吗？我想捐几块钱给那个女孩。"

龙哥说，我没钱了，只有卡，刷卡。

我知道，大杰和帆布现在和我一样，一穷二白了。

大杰叫我别管她，当心是骗子。

帆布拉着我，我们现在比她还穷，少理会这些。我心里有说不出的滋味，心有不甘地离开。

在公交车候车室，我们的车票是同事给的，就连在地铁里面买票的时候，我们没现金了，还好龙哥站了出来，他帮了我们，带我们坐了地铁回去……

6

后来,我们分别了。

龙哥回到了老家,我听说,他现在准备搞项目了,自主创业。大杰和帆布继续留在广州漂泊。

我收拾东西回茂名老家考驾照,等拿到驾驶证再回广州找工作。

有时,我们的生活总感觉在漂泊,我想那是我们愿意为生活而努力活着,那是奋斗着的青春。

别忘了我的梦想

虽然现在的自己过得没那么好，工作也不顺心，但起码我没怎么抱怨过，也没放弃过生活。

有些人不理解我的选择，我也没关系，有些路是自己选择的，是好是坏只有自己知道。年轻的时候可以没有梦想，可以放纵自己。

长大了，自己内心开始萌芽了梦想，心底也慢慢地承受了孤独。

苟延残喘的梦想，为什么不趁年轻去多争取，把曾经的白日梦摇晃起来。

记得，别忘了自己的梦想。

1

广州琶醍酒吧街。

去酒吧街之前，我们在广州塔下珠江边逗留了好久，走走停停，看看夜景。

唐姐从云南到广州出差有段时间了，明天即将赶早班飞机回云南，我刚好在广州，所以唐姐便约上了我，见面聚聚，当是送别。

我曾经在一篇文章中提过唐姐，唐姐三十来岁，秀外慧中，是个挺热情的人，目前在云南大理开了一家客栈。那时我在大理生活，是在唐姐的客栈打杂，当客栈的店长，后来由于某些原因，我离开了那风花雪月的大理。

出发的时候,我担心迟到,便提前搭地铁来到广州塔,我在地铁口等唐姐。

记得当时唐姐在微信中对我说:"我现在在艺苑东路路口。"

那时,她说的地方我不知道是在哪儿。

我只能无奈地对唐姐说:"你说的地方我不认识是在哪儿,我还是在广州塔 A 出口等你吧。"

不一会儿,唐姐突然又发了一条微信:"我到了。"

当我准备坐地铁电梯下到地铁里接唐姐,没想到听到有人在喊我的名字

"适鲁!"

我回头,是唐姐。

唐姐穿着一身白色民族风的衣服,头上戴着一顶棕色休闲帽,满脸笑容。

我应了一句:"嘿,唐姐。"

我喜欢分别后的重逢,遇见无比美好。

是啊,一见面就无话不谈。因为还要等唐姐一位朋友到来,我便带唐姐在珠江边走走逛逛,聊聊天。

我们好久不见,唐姐也知道我在广州漂荡的一些事。

在珠江边,面对广州塔,唐姐心疼地对我说:"适鲁,你也不容易啊,找工作不如意,现在每天在更新公众号,写东西。前段时间还听说你在一间公司当编辑,每天要写六篇稿,那多累啊……"

我苦笑着,现在做什么事哪有容易的,我今年大学毕业刚出来

就已经换了两份工作，第三份工作当编辑，我原本想安分下来，可每天要脑力劳动那么多，我自己也受不了，我平时都没有那么努力写东西，何况每天要写六篇原创稿，我受不了，就当逃兵走了。

很多东西，我想过坚持，可实在太累了，我也不想捆绑自己，有时放弃，也是为了让自己获得新生。

和唐姐聊天，她一直满脸笑容，像她的为人一样，对生活乐观，所以说唐姐对生活还是充满激情与期待的。

2

在珠江边逗留不久，唐姐的朋友小纯也到了。

我们回到原来的地铁口接小纯，不到一会儿工夫，我们见着了小纯。

我和小纯没有见过，但我们都在"深巷杏花"群，后来，我在公众号推送一篇文章，一次偶然的机会，我们加了好友。

小纯比我大一两岁，她叫我周弟弟，一开始我有点儿不习惯，后来就习以为常了。

小纯是个成熟稳重的女生，潮汕人，目前在自主创业，研发啤酒品牌。

庆幸我们第一次见面没有尴尬，她挺热情的，我主动和她聊天。

我们三个人在广州塔附近餐厅点了些东西吃，坐在餐厅里边吃边聊。

我很难想象小纯看上去一个挺文弱的女生，她有她伟大的理想。

小纯说:"等我的团队交接工作完了,我明年就去西藏,自由行。"

我很难想象小纯会去那么远的地方。我好奇地问她:"为什么要跑去那么远的地方?"

小纯倒是很坦然,她说:"其实感受一下祖国大好河山也是挺好的,你知道有个词语叫'人文'吗?你会感受到不一样的东西,你会看到不一样的世界。"

不过也是,有时候我们不尝试走出去,就会错过很多我们没有看过的东西。

吃过东西后,我们又来了珠江边,看珠江夜景,拍了几张照片留念。

说真,我蛮佩服我们的好脚力,从珠江日夜游站点走到猎德大桥附近,再返回。

后来,唐姐提议说:"我们到酒吧喝喝小酒吧,聊聊人生,看看夜色。"

唐姐之前打算叫车去酒吧,后来我查看了一下位置,酒吧离我们的位置挺近,我们决定徒步到琶醍酒吧街。

开手机导航的时候,我怕自己导航有误,边开导航边问她们,"到了吗?怎么没看见酒吧标志?"

她们叫我放心,"大不了走错了打车去。"我开着导航,边走边看路标。她们放心地在前面走着路,不忘聊天叙旧。

老天没有和我开玩笑，走了有二十来分钟，我们没有迷失方向，最终来到琶醍酒吧街。

我很少来酒吧，上次去酒吧还是大学毕业游去了一次桂林阳朔西街。那次是我第一次到酒吧，对于我来说，到酒吧玩，要么看表演，要么尽兴喝酒。

这次来琶醍酒吧街，我感觉还不错，我们选了一家西部风格主题的清酒吧。

酒吧里的音乐风格是很柔和的那种，还好不是快摇版，不然我会跟着节奏跳起舞。

服务员给我们递上了菜单，我们各自翻着菜单点酒。

唐姐和小纯都点好了她们要喝的酒，看着菜单，我不知道点什么好，一副不知所措的样子。我干脆对她们说："给我来杯和你们一样的酒。"

小纯笑着说："点不一样的酒才好啊。"

我右手在菜单上不断地徘徊，我看有个酒的名字挺好听的，便点了一杯时代啤酒。

3

我羡慕在酒吧里厮混的人，在这里，他们可以很放松地喝酒聊天、赏夜景、吃西餐，生活是多么惬意啊。

一想到自己颠沛流离的广州生活，难免有些心酸。不过我也不想比较，每个人的生活圈不同，追求也不一样。但我知道，我们所有付出的努力都是为了更好地生活。

我们在这里碰杯，庆幸我们能在广州这座城市相遇，一起坐下来好好叙旧。这样我觉得，我们的相遇也是件幸福美好的事。

喝着时代啤酒，我不由自主问了唐姐、小纯她们一句："你们说我的这杯时代啤酒是哪里生产的？"

我话一说完，小纯马上接了我的话，"比利时啊，时代啤酒是比利时有名的窖藏酒……"

唐姐在笑，小纯是做外贸的，她接触的项目就是啤酒品牌之类的东西。

我拍了一下脑袋，恍然大悟：我忘了，原来专家在这里。

小纯顺势给我介绍了一下菜单里的其他酒品，我边听边喝着酒。

不知道什么时候，我喝着酒有点微醺，上了一趟厕所，用冷水洗洗脸，兴奋一下自己。

后来，我们都没有喝到酩酊大醉，当时太晚了，唐姐不放心让我们各自打车回去，她便很大方地拿起手机在她住的地方给我们预订房间。只是有点儿意外，唐姐住的地方没有床位了，后来我们将就了一下，便在唐姐住的青年公寓睡了沙发。

回到青年公寓的时候，我一看到沙发，躺下不到一会儿工夫，我就迷迷糊糊地睡着了。

我知道唐姐要赶明早飞机回云南，我希望送送她，但我第二天醒来，她们都已经离开了青年公寓。唐姐要赶去机场，小纯回去上班了。

那时，我手机里还有一点电，我看到了唐姐留给我的话。

唐姐说："适鲁，我在地铁上了，后会有期。床位费付了，你睡醒后下楼到楼下大门口往右走10米，就是客村地铁C出口，不忍心叫醒你，就先走了。"

我很感动，也不好意思说出口。只是告诉唐姐，"下次我到云南看姐"。

唐姐说："随时欢迎到云南来找我，记得多联系，工作慢慢来。"

4

在青年公寓收拾好我的东西，出发准备回我拥挤的单间租屋，走在街上，我想到一个很重要的东西，那是关于梦想。

别忘了我的梦想。

那时在大理生活的我，想过有天能在大理开间青旅，那是最初的梦想。现在我最强烈的梦想是好好在广州生存着，管他日子多拮据，有时间写写自己喜欢的东西，记录生活。

对了，我现在写的作品也陆陆续续得到一些人赏识了。有的文章被专业电台转载录用了，最近也有编辑联系我，那是给我最大的鼓舞。

以前有不少人不理解，问我写东西赚钱吗？能养活自己吗？

我没有反驳，也没有说过自己内心深处的话，直到现在我想开口说说话。

写作这东西管它赚不赚钱，为什么不趁年轻做自己喜欢的事？

对，我是挺喜欢写东西，别忘了我的梦想，以后你听的电台内容是我写的，以后你逛书店上架的书是我的梦想。

我有爱人的权利，也有追梦的权利，我承认我现在孤独，愿我承受的孤独日后请岁月记得还给我。

愿所有的梦想在路上，对了，别忘了我的梦想。

我们的青春病

有些时光,青春不过是场挥霍。

1

坐在教室里的我,突然抬起头望着前方的黑板。

白色粉笔字写着高考倒计时还有 71 天。

我心里感到一阵阴凉。心想:时间流逝得真快,一眨眼就快高考了。我拿什么高考呢?

"死就死吧,像我这样不主动学习的学生能学多少是多少。"

这时候,我们班的肥仔从我面前走过。可以看得出来,他脸部没有任何表情。

肥仔不高兴,他不开心。

我理解,肥仔今天 NBA 赌球输球了。

如果在往日,他一定会在全班同学面前哈哈大笑,说话声比谁都大。总之,赢球的时候,他是笑得最大声的那个。

肥仔,身材高大,戴着一副高度眼镜。透过镜框看他那眼睛,我发现肥仔把眼睛睁得好大。肥仔身材高大,配上一肚子肥肉,他平时在同学面前吹他体重只有 130 斤。而事实上,他的体重超过

170 斤。

肥仔为人乐观，但你和他相处下去，就会发现，在这张成熟的脸孔下，他说话都不经大脑，经常带着孩子气。

为什么在故事的开始，我会频繁地提到肥仔？因为高考倒计时与肥仔有关。每天到讲台更新最新数据的那个人是肥仔。

我想，如果不是肥仔每天坚持写高考倒计时，我都不知道高考还剩下多少天。

不知道为什么，肥仔每次上到讲台用白色粉笔更改高考倒计时数据的时候，我心里总是充满不安。

或许，我在担忧。随着高考临近了，我拿不出什么实力应付这残酷的高考。

突然，阿杰走到我面前。他问我："这月底回家吗？如果不回，我们一起到海边玩。"

我摇了摇头，冲着阿杰傻笑着，坚定地对他说："这周我回家。我好久没回家了，我想家。"

阿杰点着头说："那好吧，我们下次再一起去。"

阿杰比肥仔矮一公分，高高瘦瘦。力气很大，忘记从什么时候开始，阿杰配上了牙套。在我眼里看来，阿杰和歌手谭杰希有点像呢。

2

肥仔和阿杰是我高中最好的死党。

我们之间的故事在后面再给大家一一讲述。

现在，我给大家介绍一下我自己。

宿舍的室友都叫我周适鲁。

记得念初二的时候，历史老师在讲新文化运动。

当时，我没有认真听课，而是埋头在书桌下看小说，看着文字女王饶雪漫的《校服的裙摆》。

不知道是怎么回事。当历史老师提起到鲁迅的时候，我的注意力一下子就集中起来了。我没再看小说，投入认真听课。我这么做的缘故很简单，这跟我的个人崇拜有关。我喜欢鲁迅，我佩服这种为了唤醒国民精神弃医从文的作家。鲁迅是我的精神领袖，我喜爱的作家之一。

后来，为了纪念鲁迅在我心里的敬意，加上新文化运动的领导者之一有胡适。所以，我给自己取了一个网名叫"周适鲁"。后来，这名字在我的好友圈传开了。

我在网络上漂荡这么多年，"周适鲁"这网名从未更改过。

我是个问题少年。染发、吸烟、喝酒、赌博、打架，甚至是挑逗女生这样的事我都做过。

因此，在高三（8）班教室里，我不讨同学们喜欢，除了阿杰和肥仔他俩。

我不喜欢读书，我幻想早早进社会，工作赚钱，结婚。可现在，我偏偏还是上了高中，是一名即将毕业的高三生。

班主任智城对我这样的坏学生恨之入骨。

他怒气冲冲把我拉到办公室，对我说："你不想读下去，赶紧打好包走人，别浪费自己大好的青春，更别影响其他同学学习。"

听到这句话，我总是低着头，眼睛一直不敢直视他，沉默不语。

班主任智城总教育我们说："年轻人的青春要热血，但热血的青春不是往坏的方面发展，而是要往好的方面看。"

上个月，我跟同学打架。我把一个比我高半个头的壮汉揍了一顿，后果不严重，不过我把对方打得头破血流的。

我和那壮汉打架的原因，是壮汉在饭堂吃早餐不按常理出牌，吃饭插队，我看不下去，便失控和他吵起架并动了手。

那天，学校领导班子知道了我打架的事。几个领导围着我问这问那，最后他们做出决定：开除该生学籍，做退学处理。

我觉得不公平，为什么和我一起打架的壮汉没事，甚至不给他一点处分警告。

后来我才知道，我打的那个人是我们学校校长的儿子。

好吧，我认了。

"退学就退学吧，我也不稀罕继续读下去。"

没有想到的是，我的班主任智城站出来替我出头了。

班主任智城在学校领导班子面前祈求给我一次机会，让我继续读下去。

智城说："他是我学生。我相信，我有能力教好他。他的本质不坏，只是爱贪玩。"

不知道为什么，我感动了。

我念了这么多年书，从来都没有老师这么说我。

他们只知道我是个坏学生，怎么教都教不会。

对于一些老师来说，他们放弃对我的教育是他们最轻松的方式。

可班主任智城从没放弃我，直到现在。

后来，学校领导班子更改了对我的处分，只是叫我回家教育两周。

如果不是班主任智城，到现在我都不知道自己漂到了哪座城市。

3

下午放学，我一个人走到东北环路口。

站在东北环路口，看着人来人往，我在一个不起眼的角落等车。

过了十分钟，班车来了。我匆忙上了车，找到一个合适的位置坐下。

回到家以后。

我妈从厨房端出了热腾腾的饭菜。

我妈说，孩子，你终于回家了。来，趁热吃。这是妈为你备的饭菜。

我妈很疼我，她很爱我，她总把最好的一切都给了我。

我妈长相平庸，却有着天底下最善良的心肠。可我不满足，我再怎么被我妈宠爱，也得不到我爸的喜欢。

我爸是一名果农，业余喜欢喝酒，甚至是酗酒。

记得有一次，我爸喝酒喝得特别厉害。喝醉酒以后，我爸把家里的东西都打翻了。

瞬间，家里乱成了一团。

我妈出来阻拦我爸这酒鬼，意想不到的是，我爸狠心扇了我妈一巴掌，还恶语相加，怒气冲冲地朝我们喊："这家完了！没有一个头脑出众、够聪明的人。"

我爸每次喝醉都这样，酒醒后，他自己都记不清楚自己做过什么。

现在呢，我放月假回家了。

我好奇地问我妈："妈，爸去哪了？怎么不在家吃饭？"

我妈："他到隔壁老徐家喝酒去了。别理你爸，咱们吃饭吧。"

吃过晚饭后，我帮妈收拾了碗筷。紧接着，我冲到房间找到换洗的衣服，奔向了浴室。

洗好后刚打开浴室门，我妈见我洗完澡了，感到特别吃惊。

如果在平时，我一吃完饭，准会围在电视机前看相亲节目。

我妈瞪大眼睛说："哎呀，你真是反常了。今晚洗澡那么早，是不是有什么事瞒着妈？"

我故作神秘。当然，我告诉了实情。

"妈，明天一早我要回校体检抽血。"

听到我这么说，我妈才知道我反常的原因。

我妈拉着我的手说："抽血没什么可怕的。抽血给人的感觉就像被蚊子狠狠叮了一下，你定下心来就行了。知道吗？"

我点着头，冲我妈笑了笑："妈，请你放心！"

我知道，在我妈的眼里，我永远都是个长不大的孩子。她总是喜欢在我面前唠叨这唠叨那，目的是为了让我做个少犯错误的孩子。

在这里，我向大家吐露一个秘密：19岁的我到现在都不敢吞药丸。如果非要吃，我都要把药丸弄碎才敢吃。

"难道我永远都长不大？"

4

第二天一大早，我到车站搭车。回校，上课。

刚走进教室，在自己的座位上坐了一会儿，我妈来电了。

我妈说："今天早上怎么走得那么急？妈给你煮的营养早餐你都没有吃！"

"妈，班主任说抽血之前不要随意进食。"我小声说道。

我低着头，手机紧贴着耳朵，"妈，我班主任来教室了。就这样，有什么事回家再说。"

我妈领会我的意思，便挂了电话。

这时候，班主任智城来了！

班主任智城在讲台上叮嘱抽血相关事宜，然后带我们到一楼会议室准备抽血。

我看到了这样的场面：一楼会议室外全都挤满了人，人山人海。在学校领导的招呼下，凌乱的人群才开始组织成有秩序的队伍。

我在高三（8）班，是全年级最烂的那个班。本来我们班排到最后才抽血的，不知道什么原因，学校领导直接开路让我们进入会议室抽血。

我怀着忐忑的心情等候抽血。

突然，我们班有个女孩像小孩子一样耍起脾气闹了起来。

那女孩祈求着说："医生，轻点儿！抽血疼啊！"

那个女孩叫怡燕，我高中一直喜欢的女孩。

怡燕扎着扎马尾，大大的眼睛，总喜欢微笑，一直笑到我心底。

刚上高一的时候，我开始关注怡燕。只是那时候，我以所谓朋友的名义爱着她。

我喜欢偷偷从远处看着她笑。只要她笑，我心底就会莫名开心。

到了高一下学期，学校文理科要分班。听到这个消息，我在担心，分科了，我和怡燕会不会分开？

后来，是我想太多了，我们共同进了文科班。

医生对怡燕说："放轻松点儿！别太紧张！抽血不疼，就是感觉被蚊子叮了一下。"

怡燕突然变得安静下来了，不吵不闹，安心地接受医生的抽血。

如果让我来说服怡燕，肯定是件很棘手的事。不是我没有把握说服她，而是我和她最近不怎么说话了。

5

我们之间的冷战，从高二开始。

高二时，我沉迷言情小说，在课堂上，总是躲在书桌下看，直看到眼睛疲倦。累了，就趴在书桌上睡。

言情小说看多了，我对爱充满幻想，甚至是期待，期待会发生一段美好的爱情。

于是，我想到了怡燕。毕竟，我心里的那份心跳是因为她。

我想过表白。浪荡不羁的我，面对爱却十分胆怯。

最有魅力的还是文字。我想到了比表白更浪漫的方法，写情信。

我不敢说自己是语言大师，但念小学时，我写请假条还是很棒的，要不然当年我也不会因为代写请假条赚了不少饭票。

等自己真正写情信的时候，我绞尽脑汁才写了一段话。

我第一次给怡燕写情信是这样写的：

我喜欢你，给你我一次幸福的机会，你，当我的女朋友好吗？

我没有将信亲手交给怡燕，而是百般嘱咐肥仔："你一定要把我的信送给怡燕，我幸福的春天交给你了。"

肥仔光荣地接受了我给他的任务。

肥仔把情信安全交到怡燕手上，肥仔手指了指我，意思是说是我写给怡燕的。怡燕突然回头看了我一眼，我赶快闪躲，眼睛不敢直视怡燕。我把头埋低，像个犯错的孩子。

过了不一会儿，怡燕给我答复了。给我送信的人，还是肥仔。

肥仔好奇地往我身边靠近，不怀好意地问我："赶快拆开信看看，看怡燕给你回复了什么？"

我故作生气地说道："你就不必过问了，这是我的私事。一边待着去。"

"好啊，就你这熊样。不就情信告白么？有什么了不起的。不看就不看，没什么大不了的。我走啦，你自己慢慢看吧。"

肥仔话一说完，就离开了，他走到女生座位去聊天。

我迫不及待打开信件，结果一看完，我失望极了，怡燕拒绝了我。

怡燕在信上说：谢谢你喜欢我，我感觉很幸福。你知道的，这些年来，我们是很要好的朋友。说真的，我们不适合当情人。你要知道，友谊比恋人还要长久。对不起！

被人拒绝爱是怎样的感觉呢？除了难受，还有心如刀割。

怡燕拒绝我的表白，我幼小的心灵留下了不可治愈的伤痛。

我表白失败这件事被肥仔笑掉了牙，肥仔说："高中生谈什么恋爱？还不如多吃点好吃的东西！"

阿杰知道了这件事以后也对我说："兄弟啊！看开点吧！不就是个女生吗？等我们上了大学，大把女生等着我们。"

他们也是为我好。他们只是希望我过得快乐点，该放下的东西要放下。

纠结过去，只会让自己活在痛苦的回忆里。

6

表白失败，我把所有的想念都转移到运动上。

说到运动，高二有段时间，阿杰、肥仔和我吃了豹子胆，白天课都不上，全跑到运动场打篮球。

在我们这三个人中，阿杰的篮球技术是最好的，肥仔充其量是个陪同，连基本的运球动作都不会，不过他厉害的一点就是抢篮板。而我呢，篮球勉强会打一点，但不擅长进攻，只适合中投，命中率不高。

我们逃课的事瞒不过班主任智城，他狠狠地训了我们一顿。

智城生气地说："学生要有学生的样子，不能没了分寸。什么时候该学，什么时候该玩，自己要有底数。"

我们尴尬地互相对视，向班主任口头承诺说：下次不会逃课了，保证不会有下次。

我们是信守承诺的孩子，我们真不逃课了。

还记得开头说肥仔赌球垂头丧气的表情吗？没错，我们当时热衷赌球，更爱看文字直播。

我们赌球不是为了赢对方的钱，而是为了填满青春期的空虚。

一到 NBA 球赛时间，不管是上谁的课，我们三个家伙总会准时守候在手机屏幕前刷文字直播。

要是看加时赛更是不得了，不知道把神经绷得有多紧，好像是谁输了，就会把整个世界给输掉。

当然，看文字直播最重要的还是主播的语言魅力。

如果主播的语言能力不好，谁愿意那么白痴把时间花在看文字直播上。

"喂喂！你这小子在想什么啊！快轮到你抽血了，赶快做好准备！"阿杰突然冲我喊了一下。

"哦，知道了。"

当我含情脉脉地看着怡燕，脑海里总是会回想，如果她当初和我在一起，一切该有多好。

现在，怡燕已经名花有主了。他的男朋友是理科男王力晋。

王力晋，理科男，高三年级理科班成绩名列前茅者。

我的注意力落在怡燕身上，直到她离开时的背影越来越模糊，我才回过神来。

"啊！"我轻哼一声。医生姐姐并没有因此同情我，反而更加卖力地抽我的血。

过了十秒，医生姐姐才拔开了插在我手上的针头，她做好血型采集备注，才完成了抽血。

抽完血，肥仔和阿杰早在会议室门外等着我了。

出门的刹那，我迎面碰到了王力晋。当然，我对他不屑，瞪了瞪他，大摇大摆走了出去。

抽血是件痛苦的事。现在，看着自己喜欢的人和一个花心的人走在一起，还有什么比这痛苦。

当然，我不能告诉怡燕她喜欢的男生是一个花心的人。因为她一直都很单纯，我怕她知道情况会做出什么傻事。

王力晋是个花心的人，这不是我诬陷。他花心，这是天大的事实。

前段时间，我亲眼看见王力晋在操场上和一个女生接吻。当时，我简直不敢相信自己的眼睛。一个斯文、成绩特优的人对待感情这么泛滥，有点不可思议。

我气急败坏了，冲了上去，当场给王力晋挥了一拳，破口大骂：王力晋，你有女朋友了还乱搞？

王力晋没有反应过来，挨了我一拳。他怒视着我，生气地问我是谁。

"周适鲁，怡燕的朋友。"

王力晋摸了摸被打的脸，他反问我："哦。我有资本玩弄女性，你有资本吗？是女生主动找我的，我有什么办法。包括你的朋友怡燕，她也是。"

当时听到那家伙这么说，我火冒三丈。我又做好姿势准备向王力晋挥一拳。突然，有个女生发出刺耳的尖叫，我才收住了手。

男人打架的样子是很可怕的，更何况被女生看见，那是多么有损个人形象的事。

后来，事情就不了了之了。

肥仔和阿杰见到我以后，对我开起玩笑。

肥仔说："刚才在会议室抽血的时候是不是见到怡燕了？瞧你那模样，眼睛一直盯着人家看。还没放下她啊？"

肥仔话一说完，阿杰接下说："专一的男人啊！"

"去去，别再说这无聊的话了。"我有点儿生气地回应他们。

他们见势不对，便都不说话了。

后来，为了补营养，我们三个人到惠多超市买了些补品。

抽血，总算告一段落了。

7

这几天，肥仔无缘无故就对我和阿杰发脾气，我们猜不透那家伙到底在想些什么。

"喂！有时间一起早起出去跑步吗？"肥仔从背后拍了拍我的肩。正在看言情小说的我被他吓了一大跳。

我不耐烦地说："不去！我一般都赖床，哪有什么精力出去跑步呀？"

"哦。"

"怎么了么？难道你打算跑步减肥？"我惊愕地对肥仔说。

"嗯。我发现，我最近比以前更胖了。"肥仔无奈地说道。他用左手摸了摸身上的肥肉，右手却在拼命扶着吸管喝可乐。

"你还喝可乐啊？你没听说过吗？可乐喝多了会杀那个啊！你想绝后吗？"

"去你的，哪有人像你这么说话的。更何况，喝可乐是我最享受的事。你那说法只是危言耸听，我不信。"

我不想和肥仔继续理论下去。

我告诉肥仔："信不信由你，反正我是信了。"

"骗人的。"话一说完，肥仔离开了我的座位。

这时候，肥仔已来到了阿杰的位置边。阿杰坐在教室中间一排最后一个位置。在那里，玩手机游戏最不容易被发现。

你瞧，阿杰又在玩手机游戏了。

阿杰聚精会神地触摸着手机屏幕，眼睛一动也不动地集中精神玩游戏。

肥仔叫阿杰一起跑步。意想不到的是，阿杰没有搭理肥仔。

肥仔生气了，他大声朝阿杰喊："喂！你听到我说话吗？"

肥仔的嗓门如雷贯耳输送到了阿杰的耳边。此时，阿杰才反应过来。

"什么事啊？那么吵！别打断我玩游戏。"阿杰生气地说道。

"陪我早起跑步啊！我要减肥。"

"不去啊！我要做任务玩游戏升级卖装备赚钱呢！"

"玩游戏比朋友的事重要吗？你自己掂量掂量。"肥仔很认真地说。

阿杰呆住了。他放下手中的游戏，望了望肥仔，说，好吧！

过后，阿杰问了问我的意见。我也答应了，我们三个人一起早起去跑步。

肥仔信誓旦旦说要减肥。话是这么说，但真正实践起来，实在不容易。

减肥的头一天，我和阿杰一听到手机闹钟响就醒了。可是，我们叫了肥仔N次，他还死赖着睡。

"让我多睡一会儿。"肥仔祈求着说。

"想睡？那你还减不减肥？你不减肥就继续睡吧！"

"不要，我起床就是了。"

于是，我们开始进行"减肥运动"。

每个早晨，天刚开始大亮，我们一起快乐奔跑在操场上，累了就歇歇，歇了不一会儿又继续跑，直到跑到一定的圈数为止。

两个星期过去了，我们想看看肥仔减肥的效果。

刚开始，肥仔极其不情愿。他拼命挣扎，反抗。接着，他冷眼看了我们一眼，突然冲我们嬉笑了一下，最后乖乖脱鞋子称重。

"多少公斤啊？"阿杰迫不及待地说道。

我附和着说："赶快看看，先睹为快！"

肥仔眼睛不敢直视电子秤，他一直在逃避。

后来我们才知道，肥仔晚上作息不规律，偷偷喝了大量可乐。在这样的情况下，怎么会减肥成功呢？

明明肥仔想减肥，结果他在减肥中比以前胖了，反而我和阿杰却瘦了一斤。

"肥仔，你当初怎么想减肥的？"我好奇地问。

"为了一个女人。"肥仔坚定地说。

"女人？"

"嗯。"

"谁啊！"

"胖妞啊！"

"哦。"

8

我们班有个胖女孩，她叫严莱。因为她长得胖，所以大家都管她叫胖妞。

胖妞是肥仔的理想对象，这是众所周知的事。

肥仔说：我喜欢胖妞。从高一开始，我深深喜欢上她了。

是的，肥仔喜欢胖妞喜欢得特别真实。

以前，我以为肥仔永远都跟小孩子一样。现在，我发现肥仔也有最男人的一面。

喜欢一个人就要大胆，不要犹豫，尽力去追。这样的爱才会有意义。

肥仔这一追，追了胖妞两年多。虽然现在他还是一无所获，但他一直都没放弃过。

还记得前文说肥仔为了胖妞减肥吗？肥仔就是听了胖妞的话才做了这么一个决定。

胖妞当时对肥仔说："你能把体重减了，我就和你交往。虽然我自己胖，但我不喜欢我未来的他也是个大胖子。"

肥仔尽管减肥计划失败了，但他看上去心情不错。原来，胖妞比较愿意和肥仔说话了。只是，他们还没有正式交往。

胖人的世界是奇妙的，他们心底都住着一个吃货的世界。

吃货是件美好的事。可要是吃得太撑了呢，结果会这样？

这下问题就暴露出来了。肥仔吃得太饱了，他总是没有规律地打嗝。一分钟打嗝一次，三分钟打嗝一次。刚开始，同学们对他打嗝这件事感到很好笑。时间久了，大家都觉得不新鲜了，反而觉得苦恼。毕竟，谁会愿意在课上听到打嗝的声音如雷鸣般响呢？

不过现在，肥仔改变很多了。他没以前那么拼命大吃大喝了。唯一不变的是，他依旧很喜欢喝可乐。

肥仔喝可乐就像上瘾一样。

我问肥仔为什么喜欢胖妞？

肥仔认真地对我说，因为爱情。爱一个人是不需要理由的。喜欢是喜欢，不喜欢就是不喜欢，这就是爱。最重要的是，我们两个人都爱吃。

9

高考倒计时零天。

我们期待了那么久，终于等到高考那天了。

高中三年，我们不管放纵还是努力，只为了高考这一刻。我听过太多的心灵鸡汤：高考是人生重大转折点之一，宁愿掉皮掉肉，都要撑到高考，一举成名……

这两个月来，我改变了。我没像之前那样放纵去玩了，肥仔和阿杰也一样在努力，乖乖待在沉闷的教室里学习，无论学得好与坏，都只想尽力就好。

怡燕在我心里还是那么美，但她不属于我。王力晋尽管有点儿花心，但怡燕爱他爱得深沉，有吵有闹，分分合合。我希望他们可以幸福。

有个好消息，肥仔和胖妞在一起了。

想起一段话，每年高考出分的时候，哭一批笑一批，只有上过大学的才知道，四年后的风骚，谁得天下，都不能说得太早。

毕竟，我们从高考走出来了。

"高中三年，我们的青春终结了吗？"

（此文写于2014年高三暑假，纪念逝去的青春岁月。）

高中：那些人那些事

我一直努力用文字记录自己想要铭记的东西。
这样，记忆才不会被我遗忘。
有空的时候，我回去看看，回忆那些美好的时光。

1

在高中时，我的好友圈里有个现实版的谢明和。

他叫卿昌，高大肥胖，戴着一副高度数的眼镜。脱掉眼镜的时候，眼睛睁得好大。他喜欢看NBA，却从来不打篮球。

我和卿昌同班两年半，这些年，我改不了口，一直都管他叫肥仔。

肥仔在班里表现特别积极。那时候，我经常看见他在黑板上替各科老师写试卷答案，每天一到教室，他都会把黑板从头到尾擦一遍，然后吹着口哨嚼着口香糖写高考倒计时。

我好奇的是，肥仔这么积极的人，班上的女生为何不太喜欢他。后来我才知道。肥仔太能吃了。我们每次从饭堂把早餐抬到教室的时候，肥仔不仅吃掉了自己那份，而且连其他同学的早餐也占有了，搞得有些人早餐没得吃。

其实，我同情肥仔。他能吃不是他的错，要怪就怪他的食欲，他不多吃点儿,哪对得起自己的身体。

肥仔、智杰他们和我经常待在一起玩。

我们三个人同在一个班级,一到NBA赛事直播,我们就凑在一块用手机看文字直播,拼命地刷新数据,各自为喜欢的球队加油。

我们一直喜欢这样NBA文字经典:

天黑请闭眼,射手请三分!

百步穿杨,一剑穿喉!

那些年,我们活在NBA直播的岁月里。

肥仔直率,是那种什么都敢说的大男孩,长着大人的模样,心智却像小孩子。有时偏偏是这样,他得罪了不少人。

记得有一次,我们在一间肠粉店点东西。当时,店里的服务态度不好,上菜慢。肥仔坐不住了,不停地催店里的老板快点儿上菜。

老板心平气和地对肥仔说:"不好意思,就餐的顾客太多了。"

肥仔直接大骂:"顾客多又怎样,还不是要多提高工作效率,这样效率怎么行?"

肥仔话一说完,所有在场吃东西的顾客的眼光都投向了他……

高中三年,在我脑海里,很多回忆都和肥仔、智杰他们有关系。我和智杰有时去肥仔家过夜,晚上在街上压马路,有钱就去唱K,半夜三更聚在床上打扑克,第二天一大早,闹钟一响,我们准时起床洗漱,买早餐,骑着自行车到学校早读。

那时,我们常说对方是疯子,是半夜三更不睡觉的疯子。即使熬了夜,也依旧有精神上课的怪人。我们的高中岁月,是躲在夜空中的妖孽。

现在,我再也看不到肥仔在黑板上写字的身影,再也听不到他吵吵嚷嚷的声音了。

只是会想起,肥仔总问我的话:

"今天NBA比赛,你看好哪个球队?"

随笔:

肥仔高中毕业后,不再继续读书了,现在在广州某间餐饮店打工。前段时间,他经常打电话给我。肥仔有点儿古怪,我一接听,他就挂断我电话。但我一打电话回去,他就接听。肥仔工作不顺心,老被几个外省人欺负。他老说在那工作烦,想辞职。现在,我不知道他怎么打算。

但愿他工作顺顺利利,改天有时间我们聚在一起,好好聊聊人生。

2

高一时,我认识一个喜欢跳鬼步舞的男孩。

跳鬼步舞的男孩长得有点儿像《泰坦尼克号》里面的杰克·道森。我这么形容他:他除了帅气,还有气质。

这男孩叫非凡,我的高中同学。

高中三年,我们同班一年。后来,文理分科,我们分了班。不过我们并没有因为分班而影响了我们之间的友谊。

在我印象中，非凡和我一样，是个好动的人。高一时，我们经常骑摩托车去兜风，去海边。那段日子，我寄住在非凡家，一起走路，一起上学。

在我记忆里，非凡喜欢穿着圆点条纹衬衫，深蓝色的斜纹裤，还有最经典的白色低帮靴。

他喜欢跳鬼步舞，在校园走廊上，广场上，他会使劲狂甩脚步跳啊跳，对他来说，跳鬼步舞是件特别快乐享受的事。

我问非凡："你那些鬼步舞从哪学来的？"

非凡说："在网络视频上。"

后来我才想起，他为了看这些鬼步舞视频，有时候可以不吃饭，专心致志地在电脑前。那时候，他和我提起，他的鬼步舞偶像是法国面具男。

当时，非凡和我提起法国面具男时，我根本不知道法国面具男是谁，后来我才了解，法国面具男是一位世界著名的墨尔本鬼步舞者。

音乐响起，非凡会情不自禁跳鬼步舞。和我喜欢打篮球一样，我一看到有人打篮球或听到篮球那"砰砰砰"的声音，就想去投投篮。

我不知道非凡什么时候能带着他的挚爱鬼步舞登台演出，我一直在期待。

非凡说："鬼步舞只是我的爱好而已，我没想过登台演出。"

高中三年，我真的没有看见他在文艺汇演舞台上表演过。

高二开始，非凡谈起了恋爱。那时，我还活在一个单身狗的世界。

记得非凡问过我的感情经历。

当时我说,我读书这么久,一直都处于暗恋的阶段。在我生命中有那么一个人,相识到现在十几年了,到现在我都不敢表白。因为怕失败了,连朋友都做不了。

非凡鼓励我,喜欢就说啊!有什么大不了的事!

我最终还是开不了口,把爱了这么多年的人深深埋在了心底最深处。

随笔:

高中毕业后,我们很少见面了。不见面不代表遗忘!刷空间动态就知道他在干些什么事,这样,也挺好的。

3

智杰是我高一下学期认识的男孩。

非凡比我更早认识智杰。智杰和非凡是初中同学。我听非凡说,他们认识好多年了,经常聚在一起玩。

我认识智杰的时候,他话不多,只顾埋头看他的手机,手指不停地按着键。后来我才知道,他在玩网游,怪不得那么入迷。

智杰高高瘦瘦的,他不在学校宿舍住,每天上学、放学,晚上自修都骑着山地自行车来回跑。也难怪呢,他家离学校近,不像我,回一趟家要坐三十分钟的班车。

前文我说过,我是个喜欢打篮球的人。那时,智杰尽管长得高，但不怎么爱运动，别说打篮球了，连乒乓球我都没见他碰过。为了找个能和我一起打篮球的人，我带他去篮球场，让他看我打篮球。时间久了，自然，他也对篮球产生了兴趣。

兴趣是最好的老师。从那以后，我们经常到球场打篮球。每次打完篮球，都弄得满头大汗。但这没什么，我们享受这样快乐的体育运动。

后来，智杰学会了打篮球的基本功。当然，我的功劳是不可少的。令我意想不到的是，很快智杰的球技和篮板都反超了我。真是教会了徒弟饿死师父！不过在球场上，你会看到我和智杰的"One-On-One"模式。

尽管智杰会打篮球了，但他没有忘记他的最初爱好是玩网游。一到课间，他就拿起手机玩网游。

我好奇地问他，游戏有那么好玩吗？

智杰得意地说，当然好玩啊！更爽的是，还可以赚钱。

"赚钱？"

"倒卖游戏装备呗！"

智杰玩网游已经好多年了，他常在游戏公会发布装备拍卖，然后通过转账获得收益。

以前，我总觉得智杰玩物丧志。现在想想，我倒觉得是自己在丧志，除了玩，我什么都不会。

后来，智杰谈起了恋爱。

我意想不到，居然当了电灯泡。

电灯泡一旦点亮,我就照着别人,亮了几年。

很多人曾经问过我,你什么时候交女朋友?

我当时想高冷地告诉他们:没有爱情会死吗?

我没那样做,而是文艺地说:爱情不是市场交易。想买就买,想卖就卖。对的人,在不久的将来;是你的,终究会遇见的。

玩网游的男孩智杰至今和他喜欢的人甜蜜地相爱着。

随笔:

高三毕业后,智杰报读了工程造价专业。很幸运,智杰和他的恋人在同一座城市念大学。一有时间,他们在广州这座城市约会。我写着写着,突然想起周华健的《朋友》。好怀念,我们的那些年。

4

超杰是我高中唯一认识的艺术生。

高一上学期开始,我认识了他。我们不同班,却住在同一间宿舍。我记得那时的宿舍编号是110。

在110宿舍,超杰和我的关系是最好的。我们一起吃饭,上课,心烦时打打球,跑跑步……

高二时,超杰烫了头发,头发微黄小卷,和郭敬明一样,有种令人说不出来的独有气质。或许他是艺术生吧。

超杰当初报读艺术班的原因很简单。

他说:我文化课不好,只能选择读美术。我别无选择!

从超杰选择报读美术那刻起，我总见到他背着画板，拿着课本，准时往教室跑。偶尔见到我时，他会和我打招呼。

高三的时候，智杰比以前更拼命。除了正常上课外，他还在我们县城报读了美术培训班。一到周末，他跑去那里上课。我记得最清楚的是超杰备战艺考。不管晴天还是下雨天，超杰按时去画室上课。早起晚归，等他回到宿舍的时候，我们早已进入睡眠状态了。

超杰说他高中做过最疯狂的事是：试过一个人在画室待两三天，饿了吃泡面。学习画画累了，直接打地铺睡在地板上。

高三是个心理变化过渡期。

那时候，超杰的心情有点儿抑郁，他担心艺考通不过，对不住家人的期盼。最后，超杰为了解决这样的苦闷。他开始隔三岔五回家。

后来，艺考结束，他通过了。更令超杰欣喜的是，他的艺考分数超过了重点线。

高考的时候，文化课还是拖了超杰的后腿。超杰的高考分数只能上 3B 的美术专科学院。

填报高考志愿时，超杰打电话问我，哪个学校好？

当时，我不知道怎么回答超杰。但我告诉他，你可以拿之前购买的高考志愿指南书看看，再做决定。

那时，我也考上大学了，不过大学不怎样，是个专 B 普通学校。但我还是觉得开心，因为我一直以为自己考不上，最后还是幸运考上了。

后来，我不知道超杰是怎么回事，他放弃了继续升学的机会，没有去美术学校读书。超杰在家待了两三个月，最后去深圳某间手机维修店当学徒了。

随笔：

超杰现在很少上 QQ 了。我听他身边的朋友说，超杰现在常闹失踪。他总会不停换号码，好像躲着大家似的。我打开手机，庆幸最近还收到了超杰发来的短信：鲁哥，最近好吗？

5

超杰说过这么一句话：一个感情丰富的人，必定是情圣。

这让我突然想起了 110 宿舍一个室友。他叫文卫。

文卫喜欢 QQ 聊天，每天对着手机社交软件会嘻嘻哈哈地狂笑。高二的时候，我听说文卫交了两个女朋友。一个高中生，而另一个是初中生。

文卫人长得不怎样，就是口才好，很能说的那种。每次我见到他和女孩子聊天，女孩子都被他逗得笑个不停。那时我在想，文卫这小子真行啊！把女孩子逗乐成这样……于是，我想和文卫学几招，因为我想得到女孩子喜欢。文卫也毫不吝啬，悄悄地告诉我，这个很容易，花点心思了解女生需要什么，你就从哪切入聊。话题多了，自然就会有故事了……

我们的 110 宿舍文卫是第一个拍拖的，也是聊情感话题最多的人。我们羡慕文卫，羡慕他异性关系那么好，走到哪，都有异性朋友和他打招呼。

不过，我们很好奇，文卫和我们同在高中校园，怎么会交上初中女朋友？在我们的逼问下，文卫终于给我们说出了他的故事。

初中女孩和文卫是在云南丽江旅游时认识的。或许云南丽江是个邂逅爱情的地方吧，他们两个人因为一次偶遇就一见钟情了。当时，文卫要了那女孩的微信号和联系电话。最后，两人一起去旅店吃了一顿饭……

我忍不住问文卫，你既然有了一个女朋友，为何还要交你班的女生？你让我们这群单身狗情何以堪？

文卫只是笑，笑得很奸诈。最后对我们说，这就是你们一直单着的原因了。谁说恋爱的人就不能再交女朋友了？如果分手了，至少还有备胎啊！

可脚踏两船的人，终究还是不会有好结果的。

那天文卫喝了好多酒，回到了410宿舍。我们看到他在哽咽哭泣，眼圈红通通，还在自言自语，那样子好吓人。因为我们从没见文卫哭过，他一边哭，一边喊着他爱的女孩名字。具体是哪个我们都不清楚。反正，文卫失恋了。因为，他喜欢的两个女孩都抛弃了他。

可是，文卫到底怎么失恋的？

我们没一个人知道。

高三，我们再也没见过文卫了。文卫退学了。他离开的时候，给我们宿舍每个人在 QQ 空间都留了言。他说:"很开心和你们在一起的日子,我不能陪你们到高三了。我要去丽江打工了,祝福你们学习进步,高考加油!"

文卫退学那天。他在 QQ 签名发了一句挺煽情的话:除了黑夜,眼泪是一波波的暗流。

当我准备进入文卫空间访问时,他的空间竟然显示:该空间仅对主人开放。文卫是我好友中第一个高中便中途退学的人。至今,我都搞不懂他是怎么失恋的。他的失恋故事,还是个迷局。

最后。

我再也没见过文卫在宿舍对着镜子打扮发型的背影了。我也没听见文卫哼着 80 后经典歌曲的声音了。

文卫离开以后,110 宿舍留下了落寞。

随笔:

文卫说过他的梦想:我的梦想是在云南开间青旅,让所有旅者都有旅途的归宿感。我不知道他现在怎样,或许,文卫正在努力奋斗呢。

6

坤哥是我们宿舍的大哥大,中国好舍长!

刚认识坤哥,他说话滔滔不绝。他是很勤劳的人,每次回到宿舍第一件事情就是打扫宿舍的卫生。他说,我实在看不惯宿舍这么邋遢，睡觉都不会觉得舒服。坤哥也常批评学校的管理，说学校饭堂食谱不及时更新，老是那饭菜，吃着吃着就腻了，外来人员随便进入学校搞事……

还记得文卫失恋吗？那时我们安慰义卫振作点，只有坤哥一人大骂文卫失恋活该，说文卫整天约女孩子出去喝茶、看电影，一点都不关心宿舍的人，就知道泡妞。坤哥骂文卫的时候，文卫没有说什么，只是在哭。不过坤哥说得也对，文卫的世界只有女人，一开口就说那个女孩怎样。

岁月匆匆，文卫退学的时候，坤哥不由为文卫感慨，这一切都是爱情的错啊！

高中三年，坤哥没拍拖过。

他有一个特别要好的异性朋友，可以说是他的女闺蜜，每个周末，他们都会去公园超市扫一次货，买日常用品、好吃的零食……

不瞒大伙说，坤哥替他那个女闺蜜买过好几次 ABC。我们笑坤哥这么变态，给女生买那样的东西。坤哥很认真地和我们说，我们很单纯的，你们不要想太多。男生替女生买 ABC 是很正常的事，就看你们的心里怎么想……

事实上，是我们想太多了。后来，坤哥的女闺蜜和一个男同学拍拖了，但他们关系依旧好，每个星期都约好一起去公园超市买东西。

我问坤哥，你和你的女闺蜜这么好，难道你就没有感觉吗？

"感觉？"

"什么感觉？"

超越友情的东西，爱情。

坤哥笑我说，不是每个人眼里和异性相处得好，就是爱情。其实除了爱情以外，还有友情。友情，是比爱情珍贵的东西。

原来，这世上是存在纯友谊的。他们一见面就互骂，但两人关系还是那么好。胜似情人，却不是情人。这感觉其实挺好，友情至少比爱情走得更远吧。

我和坤哥是幸运的。高三毕业，我们没约好考同一所大学。但大学开学不久，我和坤哥在校园不期而遇了。那时，我们见到对方都很吃惊。我们叙了一会儿旧，后来我知道，坤哥读了市场营销专业。

现在，我在大学校园有时会偶遇坤哥。坤哥比以前更瘦了。或许，坤哥在努力学好专业知识，动脑多了，自然就瘦了。

有时，我脑海里总浮现毒舌男坤哥高中不屑的话：

"滚！你给我滚一边去！贱货！"

"贱人就是矫情！"

随笔：

告别高中校园，我很少登录QQ了，一般上微信。前不久，坤哥通过搜索手机号添加我为微信好友。一通过好友验证，他给我发来的第一句话居然是：贱人，什么时候见个面，我们去乐活小镇喝几杯……

7

蟑螂是肥仔给昃强取的外号。不过，我没称昃强作蟑螂。我给昃强取了个好听的外号，叫小强。

小强是高三时转校过来的，复读生。记得我第一次见到小强，他很腼腆，话不多，一个人坐在教室最后的角落里看书，时不时低着头，像躲着什么似的。当时我在想，小强这孩子挺内向吧。谁料到班主任调整座位的时候，把小强和另一个复读生阿荣、我调在了一起。于是，我们三个人成了同桌。这同桌一当，就是一年美好的时光。

小强从小在外省读书，回到广东高考过一次，由于考得一团糟，他只能再回来复读一年。小强有着一张俊秀的脸庞，皮肤白皙，浓密的眉毛，说起普通话，带着湖南腔。

小强和我既是同桌，又是室友。凭这一点，我们彼此都很关照。有什么好吃的东西，大家都会一起分享。小强是个数学怪人，只要他看一下数学公式、数学原理什么的，就过目不忘。数学，对他来说是件不费劲的活。因此，有不懂的数学题，我都找小强解决。可是英语呢，我从未见小强认真听过课，上课时要么在桌下看动漫视频，要么就是看动漫书……

小强总是说，我们是走在路上放飞梦想的有志青年。

每当他这么说，我就这么回答他：你是放飞梦想，走在街上吃麻辣烫！

提起麻辣烫，对我而言有一段辛酸史。我从小很少吃辛辣的东西。自从认识小强，我们经常出入麻辣烫店铺。一开始，我特别不习惯，稍微吃点辣的东西，我都会红着眼，那感觉是眼泪要掉下来似的。吃东西太辣，我会不由自主流鼻涕。习惯是件可怕的东西，跟着小强一起吃麻辣烫多了，我慢慢习惯了吃辛辣的东西。

小强老是叫我飞机仔。我到现在上大学了都不明白是什么意思。不过我很乐意让他那样叫我。因为我也叫他的外号小强。

上学那会，肥仔老是欺负小强，总喜欢挑衅小强。因此，小强蛮仇视肥仔。但小强只能瞪着眼和肥仔口水战，敢吵不敢轻易动手。毕竟肥仔又高又壮，小强是怎么都打不过他的。

作为高考复读生，我羡慕小强，每个周末，小强的父母会来学校看他，带来补汤和其他好吃的东西。我们宿舍的人也是幸福的，我们也享受到小强父母带来的美餐。

有人说小强是个吝啬的人。如果你能让小强请你吃东西，说明你很厉害。不过，我真觉得我厉害。因为小强请我吃过好几顿麻辣烫，当我去买单的时候，小强豪爽地对我说：飞机仔，让我买单吧！我请你！！

小强是我见过的最奇葩的人。他一年四季都穿着深灰色的凉鞋，老问我有没有散钱，如果我有，他会嬉笑着叫我给他换散钱。他把散钱整齐地整好，最后把一张张散钱放进口袋。我问他为什么这样做？小强说，这样花钱爽啊，一张张的，痛快！我诧异，无言以对。

我们到学校附近的网吧上网。他去到网吧，一开机就登录 QQ，打开会话看着聊天记录嘻嘻哈哈地笑。另外打开窗口玩QQ农场，最后戴上耳机进入自嗨模式。

高考结束，他比之前高考进步了很多，念了专A。那时，我以为他会跑回湖南念大学。但他没有，他选择了留在广东念大学。

有时，我们在同一座城市，时间对不上，碰面都很难。

现在，我们还没遇见过。

小强说："我最想去广州塔。"

我不知道他的愿望什么时候会实现，但我相信，那一天总会来的。

随笔：

小强现在把QQ农场戒了，开始玩QQ飞车。他问我玩不玩游戏，我说我从来都不玩游戏。小强在QQ上发来个龇牙的表情，我爱看纯动漫书。最后，小强下线了。

我有一个网友

我在想：我们只是网友，你不必干涉我的生活。
后来，你成了我想念的人。

我有个网友婷婷。

婷婷是我最初玩QQ认识的，2008年，我刚上初一，婷婷读小学三年级。

刚开始玩QQ，我对社交网络充满期待，和大多数人一样，一般开场对白，我会说：在吗，在干吗呢？

忘记我和婷婷是怎么加为好友的。我记得那时聊天，婷婷和我谈的最多的是音乐。

我们无话不说，每次聊天结束的时候，我会感觉恋恋不舍。

在那个年代，最流行的事情是爆照。

"我想认识你的样子，你可以爆一下照片吗？"

婷婷对我有防备，担心我是坏人。无论我怎么劝她，她都不愿意爆照。婷婷说："我们是交朋友，不一定发照片吧？"于是，我就再也没有叫她爆照过。

我比婷婷大四五岁，她把我当成她的哥哥。婷婷有什么不开心的事，会上我空间留言。我看到她的留言，也会及时回复她。

我点开婷婷的空间,背景音乐是很优美的旋律。她的空间相册除了日本动漫,还有她喜欢的日本明星大琢爱。

婷婷总鼓舞我:"努力学习,天天向上。"

那时的我青春期在躁动,大多数时间,我没有放在学习上,打篮球、打架斗殴成了那年夏天最常有的事。

婷婷劝我:"你这样过下去不行的,你要好好珍惜自己现在的生活。"

我说:"青春就是用来疯狂的,趁年轻。"

婷婷没有再搭理我,我继续做着我认为所谓有意义的事情。

我在想:我们只是网友,你不必干涉我的生活。

从那以后,她不理我了,我苦闷了好久。

当一个人开始对你冷漠,忽略你,你会变得孤立了。

好久没有婷婷的消息,我变得越来越不习惯。

"为什么我会那样子?"

我在乎婷婷,我不想失去她。

我主动找婷婷认了错,我歉意地对她说:"对不起,我错了。"

婷婷最后原谅了我,我们一如既往地聊天了。

初中三年,我在网络上漂荡,晒个人照片,写日志。

突然有一天,婷婷夸我说:"你的文笔不错,你写的东西我都看了。"

我乐坏了,我说:"那我以后多写写,你要记得多夸夸我。"

婷婷发了一个眨眼的表情说:"继续努力。"

当我把有人关注我写东西的事情和朋友说起，身边的人不看好我，说我就那熊样，写的东西是给鬼看的。为此，我一个人伤心了好久。

我的成绩不好，除了爱好写东西，别无所长。以前写的东西我给自己看，现在我收获婷婷的喜欢。我更加有动力，一有灵感就写，写到自己都会自我欣赏。

三年后。

我填高考志愿，父亲让我填中文系，学好专业，以后回来当个教师，教书育人。我没有听父亲的话，果断在志愿上报了新闻专业。你知道吗，我的梦想是当记者，走访前线，关注民生，报道时事。

上大学前一个晚上，婷婷突然给我打电话，她说："恭喜哥哥哦，考上了大学，我会努力向你看齐的……"

这么多年，那是我第一次接到婷婷的电话。初三那年我给婷婷留下号码的初衷是想告诉婷婷，你以后有什么事尽管找我，哥哥我在。

我没想到婷婷打电话过来，是在我高考后。

我对婷婷说："你要努力学习哦。我在大学等你。"

最后，我坐了五个多小时的火车来到广州，开始我的广漂，成了一名大学生。

我在大学念新闻专业，对新闻有一定敏感。当然，我最关注的是网恋。

网络上说网恋不靠谱，一见面靠颜值，很少有真心，一言不合就开打。

我和婷婷不是网恋，只是网友，交流很久很久的网友。

婷婷来到广州，那是我从来没有想到的事。以前婷婷说她家在广西百色，在当地上学，很少有机会出远门。

我满脸吃惊地问婷婷："你怎么来广州了呀，你不是在家上学吗？"

婷婷和我说起我才知道，婷婷转校了，她现在在珠海上学，跟随她的妈妈生活。

婷婷有个不和谐的家庭。婷婷的父亲无所事事，赌博喝酒，常对婷婷和她妈妈发脾气。后来，婷婷的父母离婚了，婷婷跟随她的妈妈。

"你在哪，我们见面吧。"婷婷给我发了条短信。

那年，我刚上大一。喜欢到处跑到处玩的我，走遍了广州大街小巷。

"我在广州啊，你在哪里啊？"我秒回了婷婷的短信。

"我在岗顶D出口。"

"好的。"

和婷婷的见面，我并不担心自己会被骗。如果婷婷想骗我什么，很久前她就骗我了。

坐着地铁，经过三四个站，我来到了婷婷说的地方。

刚到岗顶D出口，我心情异常兴奋，心想：婷婷到底长得怎么样？

茫茫人海中，我在寻找，到底哪个是婷婷。

突然，我听见有个人在喊着我的名字："适鲁，嘿，我在这里。"

在远处，我隐约看到有个小女孩，她在向我招手，我一步一步地靠近。

一个瘦瘦小小的女生，皮肤白皙，看起来特别乖巧柔美，那个女孩是我多年的网友婷婷。

"人那么多，你怎么一眼知道是我？"

婷婷自信地对我说："我当然知道啊，你的样子已经在我脑海里了，我是看着你照片长大的。"

我憨笑。我明白，以前读书的时候，我喜欢拍照，在空间上上传个人照片。

婷婷旁边还有两个女性朋友在，婷婷热情地跟我介绍她的闺蜜，这位是谁，那位是谁。

自我介绍完，我们一起约玩。

我们走过北京路，上下九步行街，兜了好几条街，走走停停看看。

刚开始我以为第一次见婷婷，我会尴尬，谁知道我们一见面还是和以前一样无话不说。

我们走累了，我想起搭地铁的时候，人太挤了，婷婷干脆半蹲在地铁一个角落，我陪着她。她朝着我笑，她说："这是我第一次来广州，谢谢你陪我们逛广州。

我也笑道："这没有什么，见到你我也很开心。"

那天晚上，我还和婷婷去了她闺蜜亲戚家吃火锅。

吃完火锅，婷婷闺蜜亲戚家附近超市有个小木马，婷婷坐在那里，木马在旋转，她笑得好开心。我偷偷给她拍了张照片，那一刻，她真的好美……

后来，我没有继续逗留在那里，告别她们，坐了一个小时的地铁回到了横沙站。

到家的时候，我给婷婷发了条短信："感谢我们的相遇，感恩。"

婷婷短信回复我："我也是，你还是和以前一样，很阳光。"

第二天，婷婷和她的闺蜜们逛了广州大学城。我在空间第一次看到她发个人照，在广州某著名高校留了一张合影。我知道，等高考后，婷婷想和这所大学有个邂逅的故事。

我们在广州这座城市分别，婷婷回到了珠海，继续她的学业。

一年后，婷婷在微信语音上哭了。

我第一次看到她的软弱。

婷婷的母亲失业，经济收入没有了，现在花钱变得小心翼翼，更严重的是，婷婷在珠海念书的学费也拿不出了。

我突然想到读小学的时候，家境困窘，父母拿不出钱给我交学费。他们为了我挨家挨户给我借钱拼凑学费。我明白那种焦灼的心情，当一个孩子面临失学，是很痛苦的事。

那一刻我想帮她，但是我没有钱。

我想到一个办法，就是通过网络众筹为婷婷解决困境。

有段日子，我瞒着她，在网络上发动募捐活动，终于，我筹集到了婷婷的学费。

当我准备把募捐过来的资金给婷婷交学费的时候，没想到，婷婷拒绝了我。

婷婷坚强地说："我不想依靠你的帮助，我的事，我想自己解决。"

那时候，刚好是暑假。

婷婷问我："你有工作介绍吗？我想打工赚学费。"

我脑中快速旋转，我在想身边有哪些朋友有工作适合婷婷。

后来，我把婷婷介绍到朋友工作的护肤品店当促销员。

第二次见到婷婷，婷婷一个人拖着小行李箱从老家来广州找我。

婷婷没有了我们第一次遇见时的活泼开朗。只见她脸上挂满一丝丝哀愁，没有了阳光。我知道，婷婷面临家里突如其来的变故，她的心情很糟，我现在唯一能做的就是好好陪伴她。

我陪着她坐地铁换乘公交到我朋友工作的地方。

一开始我信心十足，朋友的化妆店一定可以招婷婷进店工作。

意想不到的事发生了，我没想过婷婷的工作性质，她只是想打暑假工，我更没想到的是朋友的化妆店只招长期工。

我惭愧，婷婷千里迢迢来找我就是为了一份工作。结果，我没有帮到婷婷。

"对不起，我没有帮到你。"

婷婷体谅我，她笑着对我说："没有关系，工作的事，我好好找。"

那天婷婷没有在广州停留，当晚坐高铁回老家了。

婷婷回到老家不久,她给我发了条短信,她说:"我找到工作了,我在老家奶茶店当服务员。"

我牵挂的心落下了,我回复她:"一切都会好起来的,加油!"

后来。

我听婷婷说她母亲重新上岗了,婷婷用暑假打工赚来的钱交了学费,我牵挂的人,愿你一切安好。

写下这篇故事的时候,我翻了一下婷婷微博,她说:我在等今年高考结束,我的大学,我们夏天见。

我忍不住跑到她空间留下一段话:

愿你在煎熬的高考岁月

今年夏天

你看到了向往的光芒

写到这里,对原来故事里的人充满想念,愿岁月让我们再次相遇。

我的大学，我只想告诉你

2016年6月，我大学毕业。想起我的大学，我有说不尽的故事。现在，我只想告诉你。

1. 我从小到大学会了独立，习惯了一个人

高中毕业后，我拿着高考录取通知书，一个人背着笨重的行囊，坐了五个多小时的火车硬座来到广州这座城市。很多时候，我会忍不住想，为什么其他家长陪伴孩子上大学，我却没有这样的待遇。想着想着，我就感到心酸。可我冷静想了一下，我不怪父母。我要感谢他们从小到大让我学会独立，学会照顾自己，不随意依赖别人。我做了一个梦，只要我考上大学，我就可以远离家，奔向我想要的自由。我如愿以偿了，我考上了大学，来到广州，上三流的大学。

2. 上大学之前那些事

高中读书那会，我成绩并不好，严重偏科，除了语文好点儿，我就没有其他优势。当时，我对高考没有抱什么希望。我学习成绩差，就往写作方面发展。记得那会儿，我常跑到学校附近的网吧上网，登录某文学创作网进行写作。我在笔记本上打了一张又一

张的草稿，兴奋地潜伏在网吧电脑上敲着键盘，一字一字地在个人中心更新小说。我抱着幻想：我若考不上大学，以后要争取在网上签约我的作品。后来我错了，由于某些原因，我的作品下架了。那残酷的消息告诉我：我的文学梦破碎了，我只能老老实实上我的高中。

后来，我老实回到学校上课，尽管学习很枯燥，但我还是往死里学。上天没有亏待我，我还是考上了大学，不过上的是三流大学。

接到高考录取通知书那天，我内心挣扎了很久，读大学很贵，我不想上大学了。我向我父母坦陈我的想法。

他们拒绝了我，语重心长地和我说："大学还是要继续读，无论怎么辛苦，父母都会义无反顾地支持你。"

我在他们面前流下了热泪，我悔恨自己当初没有好好努力读书，不然我可以考上更好的大学，可以省下一大笔学费。

我没有选择高考复读，一个人来到了广州，开始了我的大学生活。

3. 大学比我想象中自由，可我迷失了自己

上了大学，我看到了不一样的世界。在大学，我结识了全国各地不一样的朋友，参加社团活动，可以去各高校联谊。

那时候，我以为把自己变得忙碌就是在过充实的大学生活。其实我错了，参加大学社交活动太多，我忘记了自己要在专业知识上学习。

我大学念的是新闻采编与制作专业。在报考高考志愿填报时，我暗自下决心要当一名出色的记者，致力于服务新闻媒体。想想我那时的豪言壮志，现在的我还是没一技之长。

在大学，我学的专业理论多于实践。一直到现在，很多专业上的东西，我都不太明白，处于一知半解的状态。

大学给了我很多的自由，这些年，我泡过图书馆，在图书馆兼职上过班、送外卖、摆地摊、代寄快递……

我自由了，但我迷失了。那时刚到大学，我给自己规划，我要把高中未完成的文学梦搞起来，随着时间的推移，我慢慢地改变，把规划慢慢地磨灭掉了。想学的吉他弹唱，也被风吹走了。

4. 大学舍友是我宝贵的财富

我在大学住的是六人宿舍。大学舍友来自广东省内不同的城市。这些年来，我们相处得很融洽，尽管有时候会相互斗嘴，揭对方的短，但最后我们还是一笑而过，一如既往地友好相处。

大一时，我们舍友六人喜欢踩着点到教室上课，到了大二，我们慢慢变了。我们学会了有时逃课，躲进被窝里不愿起。

我记不清有过几回，和舍友三更半夜出去喝酒，我们掏心掏肺互诉心里话，笑着哭着喊着，想要全世界都知道我们每个人都是有故事的人。

毕业那天，我哭了。我一个一个目送他们回家。我丢了魂似的在宿舍睡了两天，那时我才知道，我在怀念我们在一起的岁月。

5. 想过恋爱，最后我还是唱起了单身情歌

在大学校园谈场恋爱是件很幸福的事。记得刚进大学校园，我信誓旦旦说要轰轰烈烈在大学里谈一次恋爱，可我还是败给了过去。

高三时，我谈了场恋爱。她是我初恋，我爱她胜过爱自己。我以为我们的爱情会走到最后，可我们相处不久还是分开了。之后，我为了她剃了平头，为了她去医护室看了心理医生，为了她一个人跑到KTV唱歌唱到自己声音沙哑，最后留下自己默默地心痛。

上了大学，我还是忘不了前任。后来，我依靠看韩剧和干兼职度过了那段被折磨得死去活来的岁月。

后来，我释怀了。我大学里遇到了喜欢的那个她。等到大学毕业前夕，我跟喜欢的女孩告白了。

那时候，我特意为她在网络上写了一篇随笔《我的一切都好，只是会忍不住想你》，我不知道她有没有看到我写的东西，我只是想好好地告诉她，只要你单身，想过和我在一起，我还会坚持当初的想法，和你一起。

大学我想过谈恋爱，最后还是唱起了单身情歌。我希望未来的岁月，能有个爱我的和我爱的人在一起。

后记：

现在我大学毕业了，我从广州回到了家乡。在家的日子，我陪着父母，和他们聊聊天，有时帮他们干点儿活。最令我自己感动的是：我教会了我父亲上微信，看着他脸上喜悦的神情，我也笑了……

只是有时看着我的大学毕业相册,图片里的那些人,我们不知道何时才能再见了。想起等到下个夏天,教室里坐满了人,可惜再也不会是我们了。

逝去的大学时光,再见。

一个不爱我的人，忘了就好

爱情是个面具，它不是变了，而是褪色了，再也回不到原来的模样。
不属于自己的感情，不如早一点放弃，不要给自己找痛苦。

1

陆璐坐在沙发上，和男朋友分手三个月后，她养了一只黑色宠物狗，取名比比。比比在地上玩着玩具娃娃，活蹦乱跳的。陆璐不禁陷入沉思，想起了一个人，那人是陆璐的前任，陆璐曾经以为可以一生陪伴到老的那个人，可是，他们分手了。

四年前，陆璐认识了一个男孩阿B。陆璐当时还在学校念高中，阿B是个很早辍学的青年，无所事事，整天只会开着蓝色摩托车在校园附近兜风。

有天陆璐走在放学路上，阿B把车停在陆璐旁边，嬉皮笑脸地对陆璐说，同学，我可以送你回家吗？

陆璐不搭理，她知道在路上碰到的这些青年不是什么好人。现在要做的是，快速跑。

阿B不放弃，紧跟着陆璐。陆璐害怕，大声喊道："你再跟着我的话，我就报警了。"

阿B自讨无趣，没再继续跟着陆璐了。

不久，阿 B 又出现在校园附近，他找机会跟陆璐搭话。

陆璐在远处看见阿 B，条件反射想躲开阿 B。可陆璐还是被阿 B 发现了，他走到陆璐身边，礼貌地说："我不是坏人，我只是想和你交个朋友。"

陆璐对阿 B 翻了翻白眼，质疑道："这样是交朋友吗？你让我感觉害怕！"

阿 B 解释说，我不会伤害你的，我是真心想和你交个朋友。

陆璐想了想，开口对阿 B 说："你要怎样才肯不骚扰我？"

阿 B 说，把你的联系方式给我。

陆璐再次问阿 B，是不是给了你，你就不骚扰我了？

阿 B 坚定地说，是的。

陆璐把联系方式给了阿 B。就这样，陆璐慢慢陷进了阿 B 的情感套路。

阿 B 没有继续在校园骚扰陆璐，只是在 QQ 上找陆璐聊天。

高中那会，陆璐学习成绩不好，父母不看好她。陆璐的父母说，女孩子读那么多书没有什么用，将来嫁对人就是了。

既然是这样，学习也没什么用了。陆璐慢慢放弃了学习，开始沉迷玩手机。

在陆璐心烦的时候，阿 B 开导她。陆璐觉得，阿 B 虽然看上去坏坏的，但他懂得关心人。陆璐那颗防备的心慢慢放下，和阿 B 交了朋友。

阿 B 是个老司机，擅长开摩托车。陆璐听阿 B 说读小学五年级他就会开摩托车了,现在驾龄属于骨灰级。

阿B把陆璐逗笑了,陆璐一本正经地对阿B说:"你是骨灰级司机,那你会玩游戏吗?"

阿B得意扬扬,骄傲地对陆璐说:"我肯定会玩游戏,我可是经常泡吧上网的人。"

阿B以为找到志同道合的人了。其实陆璐并不喜欢玩游戏的男生,她觉得这是在玩物丧志。

阿B开着摩托车载陆璐到海边吹风,陆璐在沙滩上走着,奔跑着,抓起地面上的细沙挥洒在海浪中。

阿B安静地看着陆璐,见到她在海边那么开心,他突然觉得是时候该做件有意义的事了。

阿B突然走到陆璐面前,陆璐不知道他要干吗,后退了几步。阿B转过头,面朝大海,说:"陆璐,我喜欢你,你当我女朋友好吗?"

2

陆璐并没有接受阿B,她觉得他们的认识还不够,所以不能接受阿B的表白。

阿B笑着说没事。他对陆璐说,就把他刚说过的话当成是一个玩笑吧。陆璐没有发现,其实阿B的内心欲望早已在燃烧,他发誓一定要追到陆璐。

陆璐是个爱笑的女生,长长的头发,迷人的小酒窝。见过陆璐笑的人，都会迷恋上她甜美的笑容。

阿 B 第一次向陆璐表白失败，他没死心，开始打电话，缠着陆璐。说：给我一次爱你的权利，创造两个人的幸福。

陆璐告诉阿 B："我不喜欢和你在一起，我为什么要答应当你的女朋友？"

阿 B 脸皮厚，笑嘻嘻地对陆璐说："总有一天我会让你喜欢我。"

阿 B 继续追了陆璐好久，陆璐还是没答应。

直到有一天，阿 B 在陆璐空间上找了照片，合辑视频文件，发给了陆璐。陆璐点开视频，那是她从小到大的照片。视频插播了唯美的音乐，还插了一段文字；陆璐，多年前，我不认识你没关系，现在，让我们好好一起成长吧。我爱你。

陆璐被打动了，打动她的不是他的视频惊喜，而是突然想起阿 B 对她的好：一上学，阿 B 很早在学校门口买好早餐等她；下雨了，阿 B 准时跑到学校给她撑伞；有时受委屈了，阿 B 永远是第一个安慰她的人。

有时候一个人的好，想忘都忘不掉。

最终，陆璐答应了阿 B，陆璐就这样成了阿 B 的女朋友。

3

在阿 B 的圈里有两个哥们儿，还有一个相认的干妹妹。

陆璐答应当阿 B 女朋友的那天，阿 B 把他的朋友约了出来吃饭，隆重给他们介绍，这是我女朋友陆璐。

阿B的两个哥们儿祝福阿B恋爱，坐在桌上的干妹妹却一脸惆怅，想不出她为何不开心。我想是干妹妹不舍阿B交了女朋友，会没有以前那么疼爱她了。

陆璐看着阿B的干妹妹不开心的样子，以为饭菜不够，便叫服务员多上几份菜。谁知道阿B的干妹妹突然站了起来说，各位对不起啊！我有事先回去了。

我知道，阿B的干妹妹对阿B有点儿感情，她吃醋了。

都说两个人在一起久了，就会慢慢发现对方的缺点。

阿B不仅吸烟喝酒，而且特别着迷玩游戏，有时玩游戏到通宵达旦，累了就呼呼大睡过去，什么都不理。一开始，陆璐想到的是迁就，她想阿B以后会改，就没多想什么。

谈了一场恋爱，陆璐开始变了一个人似的，以前独立的她，现在学会了黏人，依赖着阿B。阿B反感，说不要整天跟着他，别妨碍他打游戏。

陆璐戒不掉黏人，阿B嫌烦，没有一点自由。陆璐对阿B说："我是喜欢你才这样。"

上了一次高中讲座会，陆璐突然明白了一件事，她要努力学习，不能放弃自己的学业。

于是，陆璐兴高采烈地和阿B说：我想通了，我要努力学习，以后我要当幼师，做个教小朋友的好姐姐。

阿B那时也刚好报名参加兵役。他抱着陆璐说："我也不想再当无所事事的人，我去当兵了，你要记得等我。"

4

于是，他们开始了一场艰难的异地恋。

这三年来，他们经历了永无休止的吵架，说分手，分了又合。四年后，陆璐成了幼师，阿B退伍回来。

见面的时候，他们紧紧拥抱，热泪盈眶，久别重逢，有说不清的故事。他们关系还是很好。虽然有时吵着闹着，但不一会儿又和好了。

突然有一天，一切都发生了变化。

陆璐和阿B为生活的琐事发生了激烈的争吵，彼此都不肯给对方台阶。陆璐坐在沙发上失声痛哭。

陆璐大骂阿B："当时追我的时候就会甜言蜜语，现在呢，什么都变了，你变了……"

阿B双手挠着头说，"是，我变了，我受够了。"

他们谁都没有主动提出分手，只是冷战了。

阿B摔门而出，去参加同学的婚礼。

阿B出门参加同学的婚礼，因为喝高了，他开着摩托车回来的路上不小心栽了跟头，受了重伤，住进了医院。

那时，阿B并没有把他受伤的消息告诉陆璐，而是发了好友圈，陆璐才知道阿 B 受伤的事。

陆璐急忙跑到了医院，看到阿 B 受伤，她很心痛。阿 B 觉得陆璐心疼他是应该的。如果不是吵架，他也不会喝那么多酒开车。陆璐抱着阿 B，祈求着说，我们都好好的，好吗？

阿 B 没有回抱陆璐，只是平淡说了一句，好。

日复一日，陆璐在医院细心照顾阿 B，阿 B 的身体也越来越健康了，直到健康出院。

陆璐有段时间进行自我反省，觉得自己会不会是太黏人，阿 B 才反感自己。于是，陆璐给了阿 B 自由，阿 B 去哪，哪怕他晚归，她也很少过问。

甚至不会玩游戏的陆璐也自学游戏攻略，和阿 B 一起在游戏里合作与竞争。

陆璐以为做这些，他们的关系或许会好点儿，谁知道，他们走着走着就散了。

阿 B 出轨了。

在陆璐生日那天，阿 B 约了朋友们出去玩，他没有陪陆璐过生日。陆璐安慰自己，阿 B 陪朋友出去玩，他晚点回来陪自己过生日就好了。

谁知道阿 B 一回来就倒在床上睡了。哪怕一句生日快乐的问候，阿 B 都没对陆璐说。

突然，陆璐在床上不小心碰到了阿 B 的手机。

在好奇心的驱使下，陆璐打开了阿B的手机，这一幕，陆璐从未想到。阿B的相册里全是亲密的合影，女主角竟是阿B的干妹妹。这下，陆璐都懂了。

回想前几天，阿B的干妹妹喝醉酒，干妹妹让阿B扶着，却让陆璐看到阿B主动亲了他的干妹妹……

原来阿B出轨了，他一直把陆璐蒙在鼓里。

陆璐曾说，爱情就是个面具，它不是变了，而是褪色了，再也回不到原来的模样。不属于自己的感情，不如早一点放弃，不要给自己找痛苦。

陆璐和阿B分手了，坚定且果断。

她离开了他们相爱过的城市，开始新的生活。

5

陆璐开了直播间，在镜头前，她吃着热腾腾的泡面，比比在她面前活蹦乱跳。她嘻嘻哈哈地说："哈喽，谢谢你们收看我的直播。这是我家的比比，它总是捣蛋，最近它老喜欢跑到隔壁邻居家找其他狗狗玩，难道比比有喜欢的玩伴了？"

在阳台上，她望着远方未熄的灯火。

她说了一句：一个不爱我的人，忘了就好。我将来的爱情一定要和比比一样，喜欢就喜欢，爱了就爱了。我想证明给他看，我会找到属于我的幸福。

现在的陆璐很幸福,在陌生的城市当上了幼师,白天陪伴着小朋友上课,晚上有时带着比比去溜达。

最近听说陆璐和一位宠物店的男店长走得很近。我问她:"你是不是对人家有意思?"

她含羞一笑:"我的幸福在路上,我在努力。"

我知道你喜欢我，但我却等不到你的表白

我还是忍不住哭了，原来难过的不是大学毕业的离别，而是毕业了，我知道你喜欢我，却始终等不到你的表白。

1

我还是一个人拖着笨重的行李箱，带着疲惫的身躯准备离开校园。我忍不住回头看了一下我们校园的牌坊，那里藏着我们大学所有的回忆。你知道我什么时候会回头看吗？我就想好好告诉你，我是带着遗憾，我对你失望。我等不了，等不了你向我说出一句你喜欢我。

开口说一句你喜欢我会有那么难吗？你平时那么喜欢和人谈情说爱，为什么就不能开口对我说说？你或许不知道，我一直在等你开口表白啊！

我们大学同一个专业，念的是商务英语。那时我觉得认识你就是我的小幸运。你知道吗？我从小都很自卑，不爱怎么搭理人，更不会主动和别人聊天。

我从未遇见过如此开朗活泼的男孩，你可以每天嘻嘻哈哈，疯疯癫癫，可认真学习起来那思考的样子却不知道可以迷死多少少女的心。

我含蓄地问过你，为什么每天都可以那么开开心心的？你很坦诚地告诉我，日子也就这么过，开不开心都是一天，还不如让好心情陪伴自己。我笑了，我觉得你说的话有道理，我就把你说的话牢牢地记在心里了。

2

我确实变了，我忘记从什么时候开始的。以前的我总是一副高冷的样子。现在，我也愿意主动开口说话了。我想是你改变了我吧。你曾对我说做人要有自信，有自己的底气，不要看不起自己，要做自己想做的事。

我一直以为上大学只要好好学习，争取拿奖学金就是我最光荣的事。可你告诉我大学生活不要局限于那样，好的大学生活应该多参加社团活动，多交朋友。

我不知道为什么自己会那么听你的话，我也偷偷跑到社团报了名，学习芭蕾舞。这一举动，我没有告诉你，因为我想给你个惊喜，等有文艺晚会的时候我叫你来看我的演出。

我演出的时候，发微信给你叫你看我演出，你说忙，但会尽量过去看。我失望了，一般这样的情况下你十有八九都不会来了。可我没想到你居然来了，还买了一束玫瑰花送给我，简直是让我的眼睛闪闪发亮。你告诉我，说这是我第一次上台演出，必须要有鲜花才有意义。我差点儿感动哭了，我却没有告诉你，那晚是我长这么大第一次收到男生送的花。

3

我知道你有女朋友了。我总可以从你好友圈看到很多煽情的话。我还记得你发过这么一句话：遇到好女孩，如果无法保障给她幸福，请不要许下承诺。

我想那个女孩有多幸福啊，她可以让你着迷，你的情话都说给了她听。一直以来我都觉得很好奇，你的好友圈发那么多动态。但你却从未发过一张照片。我觉得自己好傻，明明一直都在关注着你，也想证明自己的存在，可我却没有一次给你好友圈评论点赞。

你是我们商务英语专业班里的唯一一位男生。你和班上的女生都聊得来，特热情。只是你对我表现得忽冷忽热，我猜不透你到底是怎么想的。可我不介意，能有男生主动找我已经算不错了，毕竟那时我还很高冷。

我有时开玩笑逗你，我说你到底什么时候带女朋友给我看看，你还是找了个借口敷衍了我，你说你的女朋友在异地，没法看。我说你可以发照片啊，然后你一针见血地对我说你们没有合影，没有照片。最后，我没有再问关于你女朋友的事了。

4

后来，是我错了。你压根就没有什么女朋友。你好友圈常提的那些煽情话只不过是你要写作的素材。

那晚在华东商业街你喝青岛扎啤醉了酒，向我吐露了真话。你想在大学拍拖，可你始终没有找到能让你怦然心动的那个人，你只能靠文字发泄自己的情感。我说了一句你真傻，之后我没有想到，你迷迷糊糊地吻了我的脸，我居然没有反抗。这些，你还记得吗？我也想告诉你，那是我第一次被男生亲脸。

我没有告诉你，读书这么多年，我没有谈过一场恋爱。如果你关注了我的微博你会发现，我的微博完全没有原创内容，都是转发情感语录，然后在转发处喃喃自语。我多想，我也可以谈场恋爱，享受美好的爱情。

5

大学快毕业的时候，我们之间走得特别近。你约我爬山，看电影，晚上吃宵夜……

我最难忘的是有次回校晚了，宿舍楼下的大门锁了进不了宿舍，你灵机一动，用力把我抬了起来，上，爬过去……在大学，第一次教我爬墙的是你。可我没有胆怯，我想是你在我身边给了我勇气。

班里有人传闻我们之间的关系，说我们最近走得特近，是不是在交往。你说我们只是朋友，好朋友。

你真的把我当好朋友。你会在班里给我买早餐，会在我宿舍楼下给我带好吃的。下雨了，我没有伞，你第一时间送我回去……我们只是朋友，好朋友？

我不敢想太多，也许我们只是暧昧吧。

6

直到有一天，我还是发现你是喜欢我的。我在你手机上发现了我们之间的合照，你把它设置成了手机主屏幕墙纸。我夺了你的手机，我反问你为什么这么做，你嬉皮笑脸地说喜欢啊！

喜欢，你有说喜欢过我吗？我们只是玩得来，关系却不明不白。所有的人以为我们在一起了，只有我才清楚我们之间的距离感。

说真的我很累，我是喜欢你的，可你一直都没有正面回应。这样我很难受，我不知道自己还会喜欢你多久。

7

后来你比我提前离开了学校。你被一家传媒公司录用了，他们请你当某杂志实习编辑。我真的很惊讶你的选择，我们明明念的是商务英语，可你偏偏找了文学编辑的工作。你比我好，我到现在都没找到实习单位。我要回家了，我家人也给我介绍了一份工作，具体是什么，我不知道。我只想知道你现在近况如何，工作好吗，一切顺利吗？

我忘记我们多久没联系了，我知道我想你了。

8

我上车了，车行驶了，毕业离校这天我始终没有等到你。在车上我想了很多，大都是关于我们的回忆。可想了想，我们还是没有在一起,你始终没有对我说过一句情话。面对爱情,我也没问你,我在爱情上就是个胆小鬼。

也许我们只能就这样告别吧。

我等不到你的表白,愿你一切都安好。

我一切都好，只是会忍不住想念你

我终于在手机上悄悄下载了你爱听的电台，
一个人安静地坐在咖啡店，戴着耳机听音乐。
看着人来人往，你知道吗，我一切都好，只是会忍不住想念你。

1

大学毕业之前，我陪你看了最后一场电影。那天我在你宿舍楼下等你，那时你在微信上跟我说等会儿吧，想休息一下，天气热。于是，我像个小孩子一样听话，坐在楼下阶梯上安安静静地等你。

你不会知道，在你宿舍楼下，我看到有好几对情侣在紧紧地拥抱、接吻，难分难舍。我在想啊，如果那个男孩是我就好了，我也可以拥抱你，给你说温暖的话。只是，你说我们只是好朋友。

等到你下楼的时候，还是和以前一样好看。简约的打扮，长发齐腰，笑得暖心。你远远地在门口看到了我，冲着我笑，我向你招了招手，说我在呢。

天气很热，我撑着伞。我们一起走着，突然起风了，把伞吹得摇摇晃晃，你说不要撑伞了吧？我说天气晒，我不想你晒黑了。撑着伞，摇摇晃晃地走着，我们有说有笑，好开心。

2

校园里的七路公交是我们共同的回忆，我们第一次看电影就是搭七路公车去的。记得当时车上的人寥寥无几，我们随随便便找了个位置就坐下来，你靠着车窗，入神地看着沿途风景。我不好打扰，只是偷偷地瞄了你几眼。没想到我们这次搭公交车里挤满了人，你笑着说没有关系，挤挤就好。在车上，你扶手换了一次又一次，我知道你有点儿累了。你知道吗，我多想告诉你，你把手搭在我的肩上吧，这样不会太累。可我没有，我没有鼓起勇气。

下了公交，要过马路。毕竟周末，人多车多，我还是很担心你，尽管我没有牵着你的手过马路，但你也知道，我当时提醒你过马路，还搭了一下你的小背包。

这世界所有的胆怯都给了懦弱，没有勇气，不够勇敢。我多想让你知道，我可以牵起你的小手和你一起走。这，也许只是我的幻想吧。

3

哈哈，你发现了吗？我们每次到电影院看电影总是晚点。可我不介意，因为我每一刻都想和你待在一起，我很享受这感觉。我想给你说一段情话，我陪你看的不是电影，是陪你的心情。你在，我就快乐。

我们看完电影，时间还很早。于是，我带你去了一个你没有去过的地方。那地方很美，到处都是仿古建筑，有教堂，有酒吧，有咖啡馆……简单点来说吧，是个有文艺气息的地方。

在那里，我们一路走走停停。我说你站在那里，我给你拍照。你羞涩地摇了摇头说不拍，拍风景好了。后来，你还是被我劝服了。你就像个南方姑娘，有说不出来的特质。在我相机里，每一张照片都是你优美的倩影，闪闪发光。

吃饭了，你点了最爱的培根芝士意面。我点了喜爱的手撕鸡饭。我们吃着，聊着，笑着。或许，在一些食客们的眼里，我们是对有爱的情侣。可现实往往是伤人的，我们什么都不是，我们只是好朋友。我也不愿想那么多，只是想安安静静地陪着你，就心里满足了。

4

我们跑到大玩家玩了电动游戏。我和你说起过我的童年，我小时候爱玩拳皇，喜欢在游戏中体验征服的快感。

你很好奇，我知道你是个乖巧的女生，从小被父母管得严，认真读书，男孩子的游戏世界你自然不懂。后来，我带你玩电动。看着你玩得幸福快乐的样子，我真想这辈子都好好陪着你。

送你回宿舍的时候，我特别地不舍得。我强颜欢笑地对你说回到宿舍好好休息吧。你嫣然一笑，说你也是。我们告别了，我在楼下目送你上楼，然后，我孤独地往小道走。最后，走在路上的我心乱如麻。

那一刻，我知道我想你，想时间留住。在你宿舍的楼下，想给你拥抱，想告诉你，我的世界一开始就有了你，我想和你在一起。

5

故事的结局，我们始终没有在一起。想到我们曾在七路公交听过的歌。

宁愿相信我们前世有约
今生的爱情故事 不会再改变
宁愿用这一生等你发现
我一直在你身旁

后记：

坐在咖啡店，我摘下了耳机，看了场电影。那是关于爱情的，结局是伤别离的，恋人没有在一起。我没有难过，电影里的人不是我，我至少和她一起过，单纯而美好，虽然无关爱情。

写到这，我想喝口咖啡。谁知道，咖啡没了。抬头望着窗外，我没想到一个人坐了那么久，天黑了，咖啡店要打烊了，店里的员工在打扫卫生……

我想告诉故事里的女孩，我一切都好，只是忍不住想念你。

趁着还年轻，使劲折腾吧

在电脑前，我头脑一热，
用尽全力只在文档里写了一句话：趁着还年轻，使劲折腾吧。

1

2016年的夏天，我大学毕业。我做了一个美好的梦，梦到我大学毕业了，和前任复合，一起工作，一起为未来的生活打拼。可回到现实，我们再也回不去了。今年夏天，我没等到前任参加我的毕业典礼，我发现有了裂痕的爱情不会再死灰复燃了。从那以后，我对前任不再抱有任何幻想。

我是个专一的人。蒋婷曾经这样说我：为爱情要死要活的。颓废地过日子，不如努力做最好的自己。

蒋婷是我从小到大的伙伴，我认识蒋婷近十年了，每次到KTV点陈奕迅的《十年》，唱着唱着我会唱到自己想哭，我不知道为什么会那样。如果非要我说，我只想告诉你，能认识一个人那么久，是几辈子修来的缘。

蒋婷是个吃货型的女生，脸庞白净，五官精致，性格大大咧咧。她那样的人，很多事情都会比我想得开。

记得大三，前任和我分手，我日子过得浑浑噩噩，日夜颠倒，后来大学课程我也没心思去上了，整天待在宿舍睡觉，像死去了一样。因此，我被各科老师处分了好几次。

我是个心事藏不住的人，好坏心情都发在朋友圈里。像我失恋那会儿，一天发了十条动态，就是想告诉全世界，我是感情失败者，我失恋了，我不开心，我想让全世界陪我为破裂的爱情哭泣。

像我这样频繁发动态的人，很不讨身边的朋友喜欢。有些人看不惯，很早就屏蔽了我的动态，有些人什么时候把我拉黑了我也不知道。

蒋婷是让我感动的那个人。她从始至终没有屏蔽我。每次我发动态她都不嫌弃，总第一时间给我点赞，过一两分钟给我评论。

令我印象最深的还是蒋婷在我失恋的时候给我评论留言打气。

"你不知道吗，失恋是人生的重新开始。你就当自己重新活过来一次。"

"跟你说啊，你把失恋当作一回事，你就是个狗熊了。"

"别那么幼稚，分开就分开了。你还担心自己以后会孤单终老啊！"

……

我认识蒋婷那么多年，第一次见她在我好友圈评论留了那么多话，我没有回复她，而是直接拨打了她的电话说："走，出去陪我一起宵夜。"

那个晚上，我点了一打青岛扎啤，把自己喝到头晕目眩，忍不住吐了。蒋婷没有喝什么酒，只是喝了雪碧，吃了些烧烤。

她见我这样摧残自己，一直劝我不要喝太多酒，容易伤身体。

我当时意识已经模糊了，我只记得蒋婷她跟我说："你这个王八蛋，失恋是让你堕落的吗？你要记得好好地生活……"

2

从那晚之后，我不再堕落了。毕竟我还是想通了，没有爱情的我一样可以过自己的生活。

想通之后，第一件事情就是改变。我把留了多年的胡须刮掉，还跑到理发店烫了头发，把自己变成精神抖擞的样子。

高中那会儿，我不知道从何时起有了胡须情结。我觉得留点儿胡须，可以让人看起来更加成熟稳重。

年少时的我喜欢装成熟，却没有摆脱幼稚困境。

现在刮了胡子也好，留个好形象。

蒋婷见我剃了胡子，大吃一惊，就像看到一个斯文人会吸烟，想不出为什么。

蒋婷冲着我笑，说你怎么把胡子剃了？你不是说把胡子留起来，和你的偶像哈登肩并肩吗？

我忍着不笑：那是从前的想法好吗？不过即使留了也比不上哈登，毕竟人家那是留了很多年的胡须。

从前我和蒋婷说过，我的 NBA 偶像是哈登。他球技好，灵活多变，关键还会造犯规罚球。球场上，让我注意的还是他厚长的胡子，多么奇特的一个人啊……

随着青春发育成熟，胡子长了又刮，反反复复，后来我干脆不刮了，一直留到上大学。

蒋婷说我是个奇葩的人。她说我留个胡须，看起来和大学教课的教授差不多，老气横秋。

我剃了胡子，烫了头发，蒋婷因此很欢喜，她说我比之前年轻了好多，多了几分帅气。

我在心里偷着乐，对蒋婷说了一句：是不是我给你带了这么多零食，就拍我马屁？

蒋婷白了一下眼睛说道：才不是呢，我看到你改变，替你开心，毕竟你不再是那个颓废青年了。

确实，自从看开失恋，我开始积极上学了，会跑去图书馆看书，也当个勤快小王子送外卖。

"要充实自己的大学生活，不能颓废。"那是我失恋后给过自己的最励志的话。

3

我和蒋婷一直相处得都很好，或许是我们认识多年的原因吧，彼此看重对方的友谊。

不过再好的关系也有糟糕的时候。

那时我和前任拍拖，日子过得潇洒，我有点儿得意忘形，居然问起了蒋婷的感情经历。

蒋婷当然生气了，我一问起感情经历，她就跟我着急。她的感情经历不想被提起，一说到她就忍不住哭。

蒋婷高中有个很疼爱他的男朋友，会打篮球，人也帅气。

他们相处了两年，一直都很恩爱。谁知道高中毕业了，蒋婷的男朋友选择了入伍当兵，她上了大学。

那时候蒋婷还抱着美好的幻想，想以后等他的男朋友退伍了，他们还会在一起，依旧很恩爱。

可谁也没有想到，她男朋友当兵不到半年，居然把蒋婷甩了。狗血的剧情是蒋婷的男朋友爱上了当地的漂亮女士兵。

蒋婷没有和我谈起他男朋友出轨的事。她还假装坚强地告诉我，以后我男朋友退伍了会回来找我，毕竟我是那么爱他。

他男朋友再也没有找过她，还断了联系。

我当时也不知道蒋婷失恋了，我问她："你男朋友依旧给你写信吗？有没有给你寄明信片？"

蒋婷和我发火了，她说："你不要再问什么男朋友了。我被他甩了，他爱上别人了。"

从那以后，蒋婷有两个星期没再和我说过话。后来我跟她认了错，她才原谅我。认错前，我给她买了她最爱吃的章鱼小丸子。我离开她宿舍之前，她态度坚定地对我说，以后不要和我谈感情的事了，我不想听，我烦。

后来的后来，我们之间的交往再也不谈情感了。

每个为爱伤过的人，回忆真是历历在目啊，爱过却不想回首往事。

4

大学四年，我跟蒋婷有说不出的故事。

大学毕业那天刚好是我们相识十周年。记得那时拍毕业照，我们同一天。我们各自忙碌着，忙着接电话，忙着接朋友，忙着拍照。

经历了拍大学毕业照，我才深刻体会到大学毕业的感受，我把它当作了第二次十八岁成人礼。西装革履，打扮光鲜。夸张一点说，大学毕业照好比结婚，身边的朋友都来关注见证这场盛宴，那种感觉只有经历过的人才懂。回头才明白，我们不是结婚了，是毕业了。大学生活结束了，拜拜了。

我和蒋婷拍了一张毕业合照。我们很灿烂地面对镜头微笑，一起张开双手，那是自由的感觉。

毕业散伙饭，聚会，唱K。我们把青春放肆走了一遍，吃喝玩乐。

2016年的夏天，刷爆屏的大学毕业季，我们的大学就这样告了一个段落。

大学再不舍得，我们还是忍不住说了一句再见。

5

大学毕业。

我和大多数的大学毕业生一样，绞尽脑汁写个人简历，投简历，等消息，面试。

学习商务英语专业的蒋婷在大学期间一直都有她的想法，好好读书，巩固专业知识，等大学毕业出来，能有一技之长。当然，她如愿以偿了，还没等到大学毕业，她已收到一家知名跨境电子商务公司的橄榄枝。只要她大学毕业，就可以直接到公司做她最喜欢的外语翻译工作了。

蒋婷现在在电子商务公司做外语翻译工作。她的工作待遇还算不错，包吃住，实习期工资保底三千，有提成。转正后五千以上。

我大学毕业出来，学习新闻专业的我确实后悔了。记得我收到一家传媒有限公司的面试，庄严的主考官坐在我面前，他考核我说："请你用眼前的笔记本电脑完成一项任务，把视频剪辑成特技，配字幕，会声会影……"

后来，我忘了自己是怎么走出那个面试室的。那个任务我始终没有完成，东西只完成一半，稀里糊涂的。不用说都明白，我被那家公司面试淘汰了。临走前主考官还意味深长地跟我说了一句：年轻人不仅要学好理论知识啊，要实操性强，不然在社会上很容易吃亏的。我像一个犯错的小孩子，沉默不语地点了点头，憋了很久，连答：是，是。然后，灰溜溜地离开了。

想起有位大学老师在课堂上说过这么一句话：作为新一代的年轻人要努力啊，大学除了教你知识，还要教你学会做人。以后出社会，靠的还是你们自己。

自己上大学时真的没怎么用心，出了社会才慢慢明白，老师说的话真有道理。现在意识到，后悔了，可已经没有什么用处了。

真的还要靠自己。

大学毕业一个月，我在网上投简历，等通知。我前前后后面试了不少单位，有餐饮服务，有电话客服，有超市促销导购，最后我差点儿哭了。不是我不够努力，而是没有一个单位愿意把我留下。

"我有那么差吗？"

后来我才知道，他们那些公司高薪招聘只是个噱头，其实是骗我的入会费，然后随随便便找个借口就把我裁了，他们对我说："你不适合这岗位，你走吧。"

在广州，我终于心灰意冷了。为了找工作，晃悠两个月的我终于做了个重要决定，暂时不打算找实习了，回家休息够了再找。

那晚我在珠江新城搭上了回家的大巴，路过广州塔的时候，我有多么的心痛，曾经的我自信会有能力在广州找到自己的立足之地，好好过自己想要的生活。谁知道，没有就业我就打道回府了。

6

我回到了家。

蒋婷在广州的实习生活过得有滋有味。聚会，吃烤鱼，逛街……终于有一天，我忍不住上微信打开了蒋婷的对话框。

"呵呵，你最近的实习生活还可以啊。"

"马马虎虎吧，主要是我就业的老板好，给我们的假期多，所以闲的时候可以去浪。你呢？"

蒋婷其实不知道我失业了，没有找到工作。其实是我屏蔽了蒋婷，不让她看到我回家的动态。

我对蒋婷说了实话，我失业了，现在在家。

蒋婷发了一个疑惑的表情问："什么时候的事，我怎么不知道。"

在手机屏幕上停留了一分钟，我给蒋婷发了一个龇牙咧嘴的表情，说道："我那个动态将你屏蔽了啊。我不想你担心我。"

蒋婷直接扔了一个很文艺的字给我："丢。"

我们聊了很久，聊到从前的大学有多么让人怀念，想到大学我们一起玩玩闹闹的日子，吃饭、散步、远足、骑单车、坐电动车……

最后，我们聊到凌晨两点多，我跟蒋婷道了晚安才结束了对话。

7

在家里，我想到自己成为了令人厌恶的啃老族。

我跑到便民超市偷偷买了一包烟，有点儿忧郁地吸着，吸了一口，我忍不住咳嗽了好几下，我估计被呛到了。

我不会吸烟，蒋婷也不喜欢我吸烟。她说吸烟有害健康，还会造成环境污染。

我还是偷偷吸了烟，我很哀愁。没人知道我的迷茫，我只能借烟解解闷。我弹了一下烟灰，继续吸着。我好像想到了什么，我把没有吸完的烟头踩灭了，扔进了垃圾箱。

我跑到了网吧。

在越嘈杂的环境我就越有动力,我想当一次伪文艺青年。

我注册了一个网络写作平台,备注周适鲁。在电脑前,我头脑一热,用尽全力只在文档里写了一句话:趁着还年轻,使劲折腾吧。

我继续北上广了,生活还要继续,漂泊一直在路上。